爱丽和雾中城堡

[英] 丽兹·凯斯勒（Liz Kessler) 著
王琪 译

清华大学出版社
北京

Liz Kessler
Emily Windsnap and the Castle in the Mist
ISBN:978-1-4440-1511-9
Copyright © 2012 by Liz Kessler.
This edition arranged with ORION CHILDREN'S BOOKS LTD (Hachette Children's Group Hodder & Stoughton Limited) through BIG APPLE AGENCY, LABUAN, MALAYSIA. Simplified Chinese edition copyright: 2019 Tsinghua University Press Limited All rights reserved.

北京市版权局著作权合同登记号 图字：01-2017-7956

本书封面贴有清华大学出版社防伪标签，无标签者不得销售。

版权所有，侵权必究。侵权举报电话：010-62782989 13701121933

图书在版编目(CIP)数据

爱美丽和雾中城堡/（英）丽兹·凯斯勒（Liz Kessler）著；王琪译.—北京：清华大学出版社，2019
　　书名原文：Emily Windsnap and the Castle in the Mist
　　ISBN 978-7-302-52264-5

Ⅰ.①爱… Ⅱ.①丽… ②王… Ⅲ.①儿童小说－中篇小说－英国－现代 Ⅳ.①I561.84

中国版本图书馆 CIP 数据核字（2019）第 018818 号

责任编辑：张立红
封面设计：梁　洁　周东辉　吴东颖
版式设计：方加青
责任校对：郭熙凤
责任印制：宋　林

出版发行：清华大学出版社
　　　　　网　　址：http://www.tup.com.cn，http://www.wqbook.com
　　　　　地　　址：北京清华大学学研大厦A座　　邮　编：100084
　　　　　社 总 机：010-62770175　　　　　　　　邮　购：010-62786544
　　　　　投稿与读者服务：010-62776969，c-service@tup.tsinghua.edu.cn
　　　　　质 量 反 馈：010-62772015，zhiliang@tup.tsinghua.edu.cn

印 装 者：三河市金元印装有限公司
经　　销：全国新华书店
开　　本：148mm×210mm　　印　张：5.75　　字　数：110 千字
版　　次：2019 年 12 月第 1 版　　印　次：2019 年 12 月第 1 次印刷
定　　价：36.80 元

产品编号：073896-01

这本书是献给其他 SAS 的，特别是西莉亚·里斯和李·韦瑟利，如果没有他们，爱美丽可能还会在海上迷路。

还有我的妹妹卡罗琳·凯斯勒，如果没有她，我会迷失自我。

假如我们的双手在另一个梦中相握,我们将会在空中搭建另一座楼阁。

——《先知》

纪伯伦

书 评

绝对是一次引人注目的亮相,如同清新的海风,让人精神一振。

——阿曼达·克雷格

耳目一新的风格,引人入胜的奇幻王国。

——《出版新闻》

作者把奇妙的人鱼描绘得栩栩如生,从人鱼美丽的尾巴,到闪闪发光、富有魔力的珊瑚礁,一切都显得既新奇,又真实。

——《学院图书馆期刊》

这是一本极好的儿童读物……女孩们绝对会爱上这本书……书中不只有刺激的冒险和奇思妙想,还贯穿着对家庭和友情的深思……

——《水磨石图书季刊》

松有趣又刺激……这本书内容丰富,描写生动,在儿童读物中独树一帜,用文字构建了一个神秘而广阔的水世界。

——《收藏家》

引 子

午夜，海洋上依旧如白昼。

一轮满月照在大海上，当海浪绕过小岛的边缘时，激起了阵阵浪花，拍打着锯齿状的岩石和布满鹅卵石的海滩。

一辆战车穿过大海，围绕着小岛转了一圈。这是一辆镶满珠宝的纯金的战车。海豚拉着战车，海豚的背部和头部都装饰着钻石和珍珠。

战车中坐着海洋的国王——尼普顿。他的脖子上戴着一串闪闪发光的珠宝，他的金色王冠在他的白发上闪闪发光，三叉戟立在他身边。他望着对面的小岛，绿色的眼睛在月光下闪烁着。他正在等待他的新娘从耸立在岩石之上的城堡中出现。这座城堡有一半被迷雾掩盖，它黑黑的窗户在明亮的夜空中闪闪发光。

"再去！"他呵斥道，他的声音响如雷鸣。他的话让战车周围荡起了涟漪。海豚绕着岛屿又转了一圈。

然后她出现了，一边微笑一边朝水边走来。他们的眼神相遇，他们的目光如此热烈，几乎消除了他们之间的距离，为两个不同的世界建立了桥梁。

VI 爱美丽的尾巴

一小群欧掠鸟也靠近水岸，在她头顶的天空上盘旋，如同一顶带羽毛的皇冠。她扭头朝它们笑着，伸出一只手。立刻，一只鸟从圆形队伍中飞了出来，落在她的手掌。当鸟儿们在空中盘旋时，那只鸟用爪子朝着她的手掌抛出一样东西，是一枚钻石戒指。当女人合上她的手时，这只小鸟重返队伍，和它的同伴飞向遥远的夜空，像一条巨大的蛇在天空中蜿蜒。

"这颗钻石代表我的爱，如同地球一样伟大，如同我站立的土地一般稳固。"她向战车伸出手，把戒指放到尼普顿的手上，然后轻轻抚摸着闪亮的黑色头发，坚定地说道。

一个弯曲的三叉戟，一只海豚向前游去。当它向尼普顿鞠躬的时候，在它的额头上平稳地放着一枚珍珠戒指。尼普顿拿起这枚戒指，伸出手，温柔地说："珍珠戒指给我，我给你海洋，我的世界，就如同我对你的爱一样无限且永恒。"他将戒指戴到她的手指上。"这是一个最令人着迷的时刻。在春分，午夜的满月。这种情况每五百年才会发生一次，它如同我们的爱一样罕见。"

她抬头向他微笑，站在他战车附近，海水沾湿了她的裙子。

尼普顿向天空举起三叉戟。"这两只戒指只可能被两个相爱的人佩戴，一个来自海上，一个来自土地，或者被这样夫妇的孩子佩戴。一旦戴上它，就没有人可以摘下来。"

"甚至没人可以触摸，"那个女人面带微笑地说。

尼普顿笑了。"甚至没有人可以触碰它们，"然后他双手举起，手掌面对这个女人。她和他一样，他们的手臂合成一个拱形，当他们紧扣双手的时候，戒指相互触碰。一百颗恒星在他们头顶的天空上发出爆竹声，绽放出如烟花般绚丽的色彩。尼普顿继续说："当两只戒指接触的时候，它们将解开任何仇恨和愤怒。只有爱将统治整个世界。"

"只有爱，"她重复道。

然后他把手臂摊开在自己面前。"这一刻，昼夜等长，而且现在，地球和海洋也是平等的。只要我们戴着这些戒指，我们的婚姻就象征着大海和陆地两个世界将永远和平相处。"

伴随着三叉戟最后一动，尼普顿伸出一只手来扶着女人登上了战车。手牵手，他们紧紧坐在一起，她的长裙子垂落在战车的一边，他镶满珠宝的尾巴搭在另一边。

海豚拉起缰绳，战车悄然而去，带着它的主人一起将开始他们的婚姻生活。

目 录

第一章 /1

第二章 /9

第三章 /27

第四章 /40

第五章 /49

第六章 /61

第七章 /73

第八章 /87

第九章 /96

第十章 /110

第十一章 /120

第十二章 /129

第十三章 /142

第十四章 /148

跟随人鱼之波电台，探索幕后的故事 /165

第一章

"爱美丽!今天我不会再叫你了。"我睁开眼睛,看到妈妈拉开了我卧室舷窗的窗帘。舷窗外,一轮椭圆形的月亮挂在深蓝色的天空中。这是凸月,我不由自主地想到最近我们一直在学习的月相周期。"现在还是晚上,"我一边抱怨着,一边把被子蒙到脸上,把脸深深地埋进了枕头里。

"现在已经七点半了,"妈妈边说边坐在了床边。她掀开蒙在我脸上的被子,吻了吻我的前额。"来吧,甜豌豆,"她说,"你上学要迟到了。"她起身离开时不由地叹了口气,接着说道:"如果不是那个意外的话,事情也不至于如此。到目前为止,他们基本上没教你什么有用的东西。"

我还没来得及说什么,她就已经离开了我的房间。

于是我又仰面躺在了床上,望着天花板,重重地叹了口气。

妈妈最近似乎真的很失望。这是她上周第三次抱怨了。但是，就我而言，我看不出我们的生活有什么可抱怨的。我们生活在一个美丽而隐秘的岛屿：我和爸爸、妈妈，我们一家人居住在一艘精美的旧木船上，船身一半埋在金色的海沙中，金色的海沙和周围波光粼粼的海水环绕着整个岛屿和我们的家。在这里，人鱼和人类和睦相处。

虽然我也意识到人鱼和人类共同生活，并不符合每个人对理想生活的构想。但是，如果你的妈妈是人类，你的爸爸是人鱼，而他们的孩子一半是人一半是鱼时，这种状态就再好不过了。

我穿上泳衣和妈妈一起围坐在餐桌边。和我们家里其他东西一样，桌子也是倾斜地放着，所以我吃麦片粥的时候必须举着碗。

爸爸推开我座位旁边的活板门，伸出头亲吻了我的脸颊。"早上好，我的小海星，"他笑着说，"准备好你的海洋研究测试了吗？"

"早就准备好了，你可以考考我呀！"我说。

爸爸挠着头问道："一个巨型的日本蜘蛛蟹可以长到多大呢？"

"三米，"我立刻回答道。

"非常好。那一条带状的蝴蝶鱼是什么颜色的？"

"黑色和银色。这也太简单了！"

"太没有意义了，都是类似的问题，"妈妈不满地说。我不明白妈妈这是怎么了。

爸爸皱着眉头看向妈妈。"你不要再这样了！"他叹了口气，"你到底怎么了？你不希望我们的女儿在学校表现得好吗？"

她牵着爸爸的手说："对不起，只是……"

"只是什么？她学习到了很多东西，她享受自己的生活，并且获得了好成绩。我为她感到非常骄傲。"爸爸边向我眨眼边说。我冲他笑了笑。

当我和爸爸第一次来到这个小岛的时候，我们之间的关系并不融洽。我的意思是，我们相处得不差，只是很不容易。我之前的大部分时间都没有他的陪伴，刚住一起时，我们并不知道该说什么，或者从哪里开始说。

我也是几个月之前才知道他的存在，甚至发现我自己在水中会变成人鱼。起初，这件事情把我吓坏了。第一次游泳的时候，我完全不知道发生了什么。那是在一所学校的游泳课上。后来，我慢慢习惯了，就经常在晚上偷偷地去海里游泳。也就这样，我遇到了我最好的朋友肖娜。她是条人鱼，完完全全的人鱼。她帮助我找到了我爸爸。当我潜入尼普顿监狱，第一次看见我爸爸的时候，那简直是我人生中最美好的一天了。

我想对任何人来说，这种事情都需要一些时间来适应。因为要能解决所有和北海巨妖相关的问题，过去的几周是很精彩的。北海巨妖是世界上最可怕的海怪了,而我不小心把它吵醒了!从那时起,我和爸爸每天都会出去游泳,畅游在中心岛周围金黄色的海床上,和许许多多五颜六色的海鱼比赛游泳,还能抚摸珊瑚。我爸爸是世界上最好的爸爸。

妈妈说:"你已经非常骄傲了。是的,爱美丽的成绩突飞猛进,你有充分的理由为她骄傲。"她停顿了一下,碰到我的一堆教科书。我爱那些教科书,它们不像我原来的那些教科书!一方面,它们都是用最好看、最闪亮的材料制成的,或者是用海藻编织,或者用贝壳和珍珠装饰而成的。另一方面,它们的内容也非常有意思!在学校,我感到从未有过的快乐。

"在海洋和赛伦的世界里",妈妈念出第一本书的名字,然后她从一堆书中又挑出几本。"帆船和星星,现代人鱼头发编织。我指的就是这些内容。"

"你指的到底是什么?"父亲压低声音严肃地问道,"为什么她不应该学习这些东西呢?这是她该做的。你究竟不喜欢什么呢,玛丽?"

我知道气氛开始不对了。我从来没听过别人喊我妈妈玛丽,尤其是爸爸,他从来没这样喊过。因为她的中间名是 Penelope(译为佩内洛普),所以大多数人叫她玛丽,爸爸总是叫她佩妮。而当他们特别黏的时候,爸爸会将妈妈称为幸运的佩妮。我突然意识到他们之间很久没有出现这样尴尬了。我觉得妈妈的不满可能是对的。不要误解我,我的意思是,我爱我现在学习的所有科目，但有时我确实也会想念我原来的学校，但是仅仅有一点点想念。也许我有一点点想上英语课了。我过去喜欢写英语故事，甚至喜欢拼写测试！但那只是因为我擅长它们。

妈妈不满地说："我怎么了？你的女儿仅仅学习了如何梳理好她的头发，学习了观察云朵就能估算时间的技能，你就觉得很高兴，但是我想让我的女儿接受一个正确的教育。"

"我的女儿，你的女儿？你说的就像她是两个人。"爸爸高声回道。我看到他的尾巴愤怒地拍打着地板，地板下的水都在他的周围快速地打转，激荡的水花溅到厨房地板上。

"是的，也许她是。"妈妈一边厉声说，一边拿了条毛巾，弯下腰去将地板擦干净。然后她抬头看着我，脸色缓和了一些。"我的意思是，她当然不是两个人，她是半人鱼。这不是爱美丽的错。"妈妈对我微笑着，握紧我的手。我抽出手，把脸转过去，我不想看到她眼中的悲伤。这是我完全不能忍受的一件事。

但不公平，真的很不公平。从出生以来，我从来没有这么享受过学校生活！现在很好，也许有时候会觉得用英语写故事也很好，但是谁说那些就有意义呢？我真的需要知道："如果约翰得到4%的佣金和3%的利息，那么他赚了多少钱吗？"我觉得了解我周围的环境更加重要。我必须知道哪种鱼是危险的、哪种鱼是友善的，学习如何做一条正常的人鱼。即便有时我觉得坐在石头上把头发梳好，有点傻乎乎的，但至少我正在学习如何适应这种生活。难道妈妈不在乎这些事情吗？难道她不想我快乐吗？

我继续吃早饭。

妈妈重重地叹了口气。"她过的是两种不同的生活，"她平静地说，"我有时会想我们的生活是不是太不一样了。我的意思是，你看我在这里的生活，我整天都在做什么？晒日光浴，梳理我的头发，也许每周会去海边游几次泳。这不是我想要的生活！杰克，我想要的不仅仅是这些。"

很久都没有人开口说话，爸爸妈妈就那样互相看着对方。我吃了一勺麦片，在这样安静的时刻，嚼麦片的声音特别响，我就不想再嚼了，然后我坐在那里，嘴里塞满了麦片和牛奶，等着他们接下来的谈判。

"我们稍后再讨论这个问题，我需要出去一趟。"爸爸最后说。我一口吞下了麦片，也许我在嘴里含得太久了，麦片变得很湿而且不好嚼了。

爸爸走得这么迅速，他甚至都没有吻我。虽然我并不难过，毕竟我已经十二岁了，几个月后我就要十三岁了，已经不同于小孩，需要父亲离开的时候，向他亲吻告别才能开心。

但是，这意味着某些事情在改变。这可能全是我的错。虽然有可能是他们因为彼此相爱才结合在一起，但更有可能是因为我，他们不得不努力地把这两个世界相连。也许现在他们已经不再爱对方了，也许在分开了十二年之后，他们之间产生了距离，他们现在根本就不爱对方，但是因为我他们却不得不待在一起。他们都讨厌这件事情，讨厌彼此，最终他们也会厌恶我的存在。你看，妈妈一点都不喜欢她现在的生活！

　　一种侵入人心的寒意开始在我身体里蔓延，充满我的血液，渗入我的骨骼。就在几周前，我们在这个岛上有了一个新的开始，刚刚把美梦变成现实，我们得到了我们想要的所有东西。但也许这根本不是美梦成真，这可能意味着生活进入了一个噩梦，就像我的许多梦一样。

　　也许爸爸妈妈决定互相分开只是时间问题。然后呢？我必须要在他们两者之间做出选择吗？如果是因为我让他们的婚姻出了问题，他们双方会不会都不要我了？他们可能会互相争斗，然后遗弃我。

　　我试着从我的脑海中赶走这些想法，开开心心地去上学。今天下午有海洋研究测试，我想要做得很好。我想让爸爸知道我真的可以追随他的脚步，就如同他常常说的一样，做一条真正的人鱼。

　　这个想法让我振奋起来，我甚至在收拾书时微笑了。直到另一个想法突然冒出，让我心情变得很差，就像鲨鱼追着一群毫无防备的鱼群一样。

　　我在人鱼课程中做得越好，我和妈妈待在一起的时间就越少，她再也不能做她喜欢的事情了。我离爸爸越近，就离妈妈越远。现在我想到这些，也体会到她不高兴的原因了。我忙于和爸爸相处，了解爸爸，我几乎什么都没为妈妈想过。

也许她是对的，也许这两个世界是完全不同的，无法共存，也许我的父母根本就不应该在一起。

我偷偷地离开了船，跳入大海之中，甚至来不及和妈妈说一句再见，我难过得不想说话，我不敢去想。

第二章

我慢慢潜到水下,思绪在脑海中消散,慢慢远离我,就如同我的皮肤一般远离了我。

我的双腿像灌满混凝土一样沉重,变得僵直,把我压在水里。这并没有困扰我,我已经习惯了这件事情。实际上,这是世界上最好的感觉,因为我知道接下来会发生什么。

我的双腿合在了一起,相互紧紧地黏在一起,就像有人将它们用一圈又一圈的绷带绑到一起一样。

然后我就有了漂亮的人鱼尾巴了。

我像猫一样伸展四肢,看着下半部分的衣服变成了闪亮的银色鳞片,闪闪发光,随着我的尾巴抖动着,越来越远。我永远不会对这种感觉感到厌烦。这就像你被关在一个盒子里,然后盖子被揭开,四周也被打开,而且你被告知可以去任何你想去的地方，可以做任何你想要做的事情。这种感觉就像你拥有了向你敞开的完整的世界。

我在水中徘徊，我的尾巴不断闪烁着，直到完全成形。当我用尾巴把旁边游泳的一对小银鱼赶走的时候，尾巴闪现着紫色和绿色的光。我不停地摆着尾巴，让周围产生足够多的泡泡。

我高兴地松了口气。当我是人鱼的时候，一切都很好。

去学校的路上，我游过珊瑚的顶部，又看了看下面的海底森林。明亮的绿色灌木在向我招手，左右两侧橡胶状的红色管子都向我点头。

一对金色的海马绕着芦苇一圈又一圈地开拓道路，他们的尾巴缠绕在了芦苇上。一群有着亮黄色尾巴的透明小鱼以及有着黑色眼睛的圆腹蓝鱼故意在我周围出现。虽然它们并不是课本上要学的内容，但我想要记住它们的名称，以防它们出现在海洋研究测试中。在这里我每天都能看到一些新鲜的东西，即便妈妈对这里非常厌烦，我对中心岛从来不会感到厌倦。

我来到隧道旁边的一堆岩石上，我和肖娜已经约好在这里见面，这样我们就可以一起进入隧道了。

班上的几个同学路过我的时候冲我微笑。班上大多数是人鱼女孩，只有几个人鱼男孩以及两个人类男孩和两个人类女孩。我还不知道太多其他人的事情，尽管我和肖娜已经与另两条人鱼奥尔西娅和玛丽娜交往很久了。但是，我知道我是唯一半人鱼的存在。唯一的半人鱼。即使我们数量很少,但是我们依旧有一个称呼!

我想我已经习惯了成为唯一的一个了,尽管有时我希望不是这样。如果存在另一个了解我感受的人,那该是多好啊!

好吧,有一个。我曾经遇到过的一个唯一像我的人鱼,但他几乎不算数。一方面,他是个成年人,另一方面,他是我遇到的最不值得信赖的人——比斯顿先生。他是我妈妈名义上的朋友,花了一生的时间在监视我们,然后再向尼普顿汇报。

不管怎样,那都是很久以前的事情了。至少现在,他没有再欺骗我们。

"爱美丽,"一个熟悉的声音传到我的耳朵里,这个声音让比斯顿先生远离了我的脑海,是肖娜!

她向我游过来,紧紧地抓着她旁边的背包。这个背包是金银色的,并且缀着小小的粉色贝壳。肖娜总是拥有最好的东西。她是你想象中的那种人鱼——少女气十足,拥有着长长的、闪闪发光的金发。不像我,我努力地想让我的头发变长。虽然现在它们的长度已经超过了我的肩膀,但是它们从来都不像肖娜的头发那样顺滑,那样漂亮,那样具有人鱼的美丽。

"你复习了吗?"她兴奋地问道。这时,我们后面跟了一群小人鱼和他们的妈妈们。那些小人鱼手牵着手游泳,他们跑到了教室的前面,当他们从人鱼妈妈们身边经过的时候,人鱼妈妈们正在聊天。

"今天早上的时候，爸爸测试了我，我觉得我应该都答对了，但是我不确定鱼的种类对不对。"我回答道。

"反正我们今天下午才测试，"肖娜说，"还有，你知道今天上午是什么课，对吧？"

我笑着回答她："仪态修养课啊。还有什么呢？"

仪态修养课，是肖娜最喜欢的课程了。没有什么比让她学习一种新的发型或者是学会如何让尾巴发出更美丽的光泽，抑或是学会优雅的泳姿更能让她开心的了。虽然我更感兴趣的是对沉船的研究和那些赛伦的故事，但是整个人鱼学校对我而言都那么新鲜。除了长除法之外，我不在意我们做的是什么或者要学习的是什么。

我们一起游向管道，我感觉我沿着墙游泳时，心率总是会加快。这些墙壁，充满泥泞，又湿又冷，引发了我许多关于黑暗隧道的记忆。

我们很快就转过了角落，管道的门再次打开了，管道也变得越来越亮，充满了五颜六色的光。我笑着，试图摆脱那些记忆。我从来没告诉过肖娜我沿着管道游泳的感觉。我经常好奇，是不是她也有相同的感觉，但这事确实我们没有谈论过。当我吵醒北海巨妖的时候，她一直在我旁边，可能她也和我一样想要忘掉这段记忆。

当我们路过岔道口时，我们撞上了奥尔西娅和玛丽娜。玛丽娜游得很快，超过了我们。她长长的、金色的尾巴从左到右迅速地移动。"嘿，我无意中听到旋尾老师和一条人鱼妈妈在路上的谈话了，"她边笑边说，"你们猜猜她们讨论了什么？"

肖娜的眼睛睁得大大的，眼睛比平时更加闪亮。"她们说了什么？"她用和玛丽娜一样激动的语调问道。

"我们要去上仪态修养课了。"

"快点吧！"

奥尔西娅转向我，我看起来一定十分惊讶。"这意味着我们将要去探索礁石和岩石了"，她解释道。

"什么，你的意思是就像我们当初穿过小岛、小溪那样吗？"

她摇了摇头，"那是一个地理礁石探险旅行，更具有科学性。这次的课程可能会涉及寻找材料做一把新梳子，或者找到完美的岩石，然后坐在岩石的边缘。"奥尔西娅假装边打哈欠边说道。玛丽娜撞了一下她的手臂，笑着说："来吧，你知道的，你会爱上它的。"

奥尔西娅朝着她的朋友笑了笑："是啊，我猜这肯定比海洋测试更好玩。"

我们边聊天边朝着指向我们班级的岔口游去。当我到达学校班级的时候，我还是很震惊。清澈的湖水充满了整个洞穴，头顶上有着闪闪发光的钟乳石，它们从高高的天花板折叠低垂下来，就像翼龙的翅膀，也像一个锋利的、冻住的箭头。在我们周围，蓝色、绿色和紫色的光不断闪烁着、跳跃着，灯光在深不见底的湖面上翩翩起舞。我们游到洞穴里面，带领着班上的其他同学前往教室。

湖水的前面,一幅长长的画卷挂在天花板上。当我们到达的时候,那上面都会有消息传达给我们。今天上面写着:

人鱼班级:请记得我们今天下午会有一个测试。今天早上,你们不需要芦苇和卷轴,所以不用打开你们的书包。现在可以把它们放在别的地方,然后等着我。

在消息的下方,有一个签名"旋尾老师"。

"我早就告诉你啦!"玛丽娜说,"第一件事就是我们必须要出去。"

过了一会儿,旋尾老师就来了,整个班级瞬间安静下来。当她游过来的时候,她金黄色的头发闪闪发光。长发一起拖在她的背上,闪闪发光,非常顺滑。她的尾巴非常光滑,闪耀着薄薄的、淡粉色的光,小小的金色星星围着尾巴打转。当她游过来的时候,尾巴几乎是不动的,她似乎总是在滑翔,而不是游泳。

她是人鱼岛上最漂亮的、最年轻的成年人之一。我们总是把注意力放在她的身上,努力做到她说的那样,努力向她学习。她准确地知道何时应该赞扬别人和何时应该指出别人的错误,她的赞美技巧很高超,当然批评他人也很尖锐。我们都能知道我们想要得到更多的是赞美而不是批评。

第二章

我拍了拍我的头发,尽量让自己坐直。我们都坐在岩石的表面。肖娜看起来总是和教科书里的人鱼一模一样。我试着模仿她,但总是会从边缘掉下去,或手脚发麻,尾巴僵硬地坐着。

"肖娜,做得很好。"旋尾老师环顾班级四周,然后说道,"你的姿势一直很优美。"她看着我说,"爱美丽,你这次做得很好。继续加油!"

我不由自主地笑了。我知道"你这次做得很好"这种话不是一种褒奖,但总比由于懒散而得到批评要好得多。那些在我后面的人鱼男孩总是会得到那样的批评。

"亚当,背挺直。"她环顾周围的时候说。一会儿之后,她点头说道:"现在好多了。"只要我们看起来注意力集中,并且表现得很好,旋尾老师就会很开心。她交叉双臂,审视整个教室,然后她说:"听我讲,孩子们,今天是个非常重要的日子。有谁能猜到今天重要的事情是什么吗?"

我队伍里的一条人鱼举手问道:"是因为海洋测试吗?"

旋尾老师轻轻地笑了笑,"莫拉格,你真是个好姑娘,我很高兴你能记得这个考试,"她继续说,"但是,我问的并不是这个,还有谁知道吗?"

肖娜举手回答道:"是因为仪态修养课会有外出活动吗?"

旋尾老师抿起嘴唇,"好吧,是谁告诉你我们会这样做的?"

在肖娜回答之前,她的脸涨得通红。旋尾老师继续说道:"从某种角度来说,这是我们将要做的。我现在解释一下吧,事实上，我有一个非常重要的公告。"

紧接着，她降低了嗓音，那样会使她听起来比平时更具有权威性。"我们非常荣幸能在中心岛上，接待我们的国王本周的来访。"

在一片嘈杂和呼喊声中，她停了下来。"好了，够了，谢谢你们，"她坚定地说。教室里立刻恢复了安静。

"现在，我也不能随意告诉你们有关这次访问的许多细节。我们对国王的这次正式访问，将会提前几周做准备。这次访问是不同寻常的，因为尼普顿的严格命令而被保密。我可以告诉你们的是，有一些成年人，一直在中心岛上负责一些极其重要的工作。"她自豪地笑了。"我是其中一个参与者，"她说，"现在我决定征集你们的意见。而这正是他访问我们的原因。今天早上，我刚刚得到这个消息。孩子们，我们真幸运。"

她看了看我们，大多数同学都睁着大大的眼睛看着她，脸上洋溢着激动的神情。"千万不要是尼普顿，也千万不要在这儿，千万不要。"我仅仅见过尼普顿两次，但是两次都带来了麻烦，而且是大麻烦。

"我认为将这件事情和仪态修养课结合起来会非常棒。"旋尾老师继续说，"我相信，你们都会感到非常高兴和荣幸，就如同我听说这个拜访消息的时候一样。"

我非常紧张，喘不过气来。

"而且，我坚信你们也会让我骄傲的。"旋尾老师又说道，

"我相信在最尊贵的客人面前,你们都会表现得非常有礼貌,而且很优雅。"

她环顾全班,似乎是在评估我们的意见,或者是为了确保她是正确的,并且可以相信我们的行为,或担心我们证明她是错的。

她的眼神落在我身上。"我知道你不会让我失望。"她严厉地说。我不知道她是跟全班同学说还是单独和我说的。虽然我不会让任何人失望,但是我在第一次见到尼普顿的时候被囚禁了,第二次遇到尼普顿的时候差点被深海怪兽踩死。当然,当我彻底陷入恐慌之中,闭上嘴,没有说话,他甚至不知道我在那里。

旋尾老师点点头:"仔细听好,你们所有人,都明白该怎么做了。现在,你们所有人需要知道的是,我们将要出去寻找珠宝。"

"我们可能已经知道了",奥尔西娅对我低声说,"如果不是为了这里的黄金或是财富,那尼普顿是为了什么而来的呢?他关心的是什么呢?"

旋尾老师朝我们的方向看了一眼,然后说,"谢谢,女孩们。"

"没关系,旋尾老师,"我们机械地回答,同时有一半的同学转过身盯着我们看。

"我们将分成几个小组,每个小组将选择这个岛屿和周边的一部分区域搜索,特别是海湾和海滩,"她说,"你们主要是寻找水晶、金子之类的东西,当然你们也可以寻找那些能装饰自己的东西,这就是仪态修养课的意义所在。记住,孩子们,你们化妆打扮是给你们的国王看的!"

我看了一眼肖娜。她开心地笑着,就如同有人刚刚告诉她,她中了彩票。虽然我并不认为,人鱼也会有彩票。

"你们将运用到你们在仪态修养课上学习到的所有知识,并发挥你们的主动性,然后再回来上课,分享你们的发现。当你们回来的时候,收获最好的宝石的人将会得到一个金色的海星,而另一个海星则会奖励给打扮得最好的孩子。记住,利用任何能利用的东西来提高自己的仪表,不仅仅是为了我们的客人,为了我,为了其他人,更重要的是为了你自己。现在,你们有任何问题吗?"

我和肖娜决定单独外出。我们选择了北边海岸。那是我和爸爸妈妈在幸运号居住的地方。这个海岸边有一些东西似乎比其他的东西都要耀眼。我坚信,任何闪闪发光的事物在那里最终都会被冲刷掉。而且,我们海岸边上比别的海岸有更多的小船。肖娜认为这还算是一个找东西的好地方。因为地下有很多凹陷的裂缝,遗失的珠宝非常容易卡在那些裂缝里,一些古老破旧的小船住了人,但是大多数的小船是废弃的。

米莉也住在北边海岸,在我们古老的"幸运号"小船上。

米莉是我妈妈最好的朋友,她跟着我们住在中心岛上。她在布莱特港上曾经有一个名为"棕榈码头"的凉亭。最近,她开始阅读与塔罗牌相关的书,并且对一些合并家庭进行催眠术。这些合并家庭对米莉通过催眠术来解决北海巨妖的事情印象深刻。米莉是个很有趣的人。虽然大部分时间里,她是世界上最大的骗子,但是她偶尔也能猜到一些正确的事情,然后你必须收回你说过的关于她的一切。

我认为在她住的附近搜索会是个好主意,她总是有水晶球和华丽的珠宝首饰。也许她在周围丢弃了一些我们可以使用的东西呢!

肖娜向前游着。她下定决心要赢得"打扮得最好的人鱼"奖牌,赢得黄金海星。我跟着她,注意力也不能集中。尼普顿,今天,在我们的教室!

"高贵的尼普顿来到了我们班!"肖娜说着,当然这也是我的想法。她经常能说出我的想法。

"是的,高贵的,"我没有她那么热情。我回想着,到目前为止,我遇到了他两次,这两次我都闯祸了。

在我们找到珠宝回去之前,我们还有一个小时的时间。我默默地游进港湾,找遍了任何可能藏着人鱼配件的海底。这不是我通常会做的事情,但是我觉得至少要看看这地方的海底,不仅是为了旋尾老师,也是为了尼普顿。肖娜整个人都很兴奋,我不想打击她的热情。

海底是纯白色沙滩,质地柔软。时不时地,我们绕着岩石游泳。我们俯冲下来,在岩石周围胡乱摸索。长长的黄金海藻环绕着我们的尾巴,或有穿了孔的贝壳卡在我们中间。说不定我们可以在某处找到一个大大的项链呢。

"来吧,让我们找找这个。"肖娜继续向前,朝一艘老渔船游去。这艘老渔船沉在海底。

我们在它顶上游着,它的前端被一个巨大的岩石层珊瑚撞得粉碎。看样子,苔藓和杂草已经在周围生长了好几年,成群结队的鱼在老渔船的残骸中游来游去,这里俨然成为它们栖息地。两条小丑鱼,一黑一白正在咬腐烂的木头,这些腐烂的木头覆盖着最微小的海洋生物,也许它们是这对小丑鱼的早饭。一条孤独的鹦嘴鱼游到船的船体中。我们跟着它也进入了船体。

"这里什么也没有,"当我看到磨损的长椅和船四周边缘的时候,我自言自语道。

"嘿,看看这个。"肖娜游到驾驶室。驾驶室里面充满了海绵珊瑚,仿佛这里是一个小温室。她在拉扯一些奇妙的紫色海洋海带。"我可以将他们系在我的头发上,"她一边说,一边将海带举过头顶,那看起来就像一顶有羽毛的帽子。

"不错,"我一边说,一边拉着一个蓝色和粉红色相间的花瓶海绵。"嘿,也许我们在课堂上可以使用这个。旋尾老师可以把鲜花放在里面。"

"绝妙的主意!"肖娜咧嘴一笑。

粉红色的水母在渔船的底部排成一排。"好可惜啊，它们是有毒的。"当我们带着我们的收获游回到海湾的时候，肖娜惋惜地说着。"不然它们就可以做成漂亮的垫子了。"

"接下来去哪里？"我笑着说。

"你的船怎么样呢？"

"幸运号？"

肖娜高兴地点点头。"它那么古老，我敢打赌，这么多年肯定有各种各样的东西掩埋在它的下面。"

"好吧。然后再去国王号，"我坚持道，"我想看看我们能不能找到米莉丢弃的幸运鹅卵石！"

"来吧，"肖娜说，"我们走吧。"

我们在幸运号的四周游荡。舷窗很低，一些舷窗有玻璃。最大的舷窗靠近船头，我和爸爸总是通过那里进出小船。整个船的下层有一半被淹没，那是妈妈和爸爸住在这儿需要努力克服的事情。

绿色的蕨类植物爬满了整只船。即便我们从来没浇过水，它也如同一个水下花园！

"我们看看这些东西吧。"肖娜一边抓住蕨类植物，一边说。她让它们环绕在她的尾巴周围。"它们好像我们穿的裙子！"

在蕨类植物的下面，我发现了一些薄而脆弱的银海藻。它们能帮助我们将贝壳串成项链。我小心翼翼地扯掉一些银色海藻。

我们绕着船游着，在岩石底下寻找宝物，手指抚摸着船体，一路上拍打着肥胖的红色鱼，当我们挖海底的宝藏，带走任何色彩斑斓的东西时，海底都会扬起一阵沙尘。

"来吧，"肖娜说。"我们有足够的东西来应对仪态修养课了。我真的很想找到一些珠宝。那样尼普顿将会多么高兴啊！"

"嗯。"我回答道。很难想象尼普顿会为什么事情感到高兴，更不用说我干的这些事情了。

"咱们去国王号找找吧。"肖娜说着。然后她摆动着长长的尾巴游走了。刚开始的时候我想跟她一块儿，但是好像有什么东西把我拖住了。我好像被一个东西拉着，向另一个方向游去。那是什么呢？

"肖娜，我们再在这儿试试，"我指向一堆位于小森林灌木和芦苇丛中的石头，不知道为什么自己会这么说。生机勃勃的黑色海葵沿着岩石的边缘生长，如同护卫兵一样围绕着岩石，灰色的灌木有点沉闷。

"那儿不会有任何东西的。"

"拜托，"我胸口突然疼起来，我想要看看岩石那儿有什么，"让我们试一试吧。"

肖娜叹了口气。"那么，来吧。"

她跟着我走向岩石，避开海葵，然后钻进沙子里面，我和她都不知道我们在这里的原因。当我们在海底摸索的时候，我们周围发生了小沙尘暴，我们挖掘出来一些破碎的鹅卵石和贝壳，但没有别的东西。

"这个怎么样？"肖娜一边说着，一边举起一个螺旋贝壳。"如果我们切几下，也许能做梳子。"她把贝壳放在手里，随后夹在她的头发上。

我点了点头，心不在焉地说："是的。"我知道那儿有别的东西。我能感觉到它吸引着我，几乎是在呼唤着我。它让我想起来我曾经玩的一个游戏。有人将小物品藏起来，而其他人去寻找它，靠得越近，就越能感觉到温暖，离开得越远，就又越会感到寒冷。我感觉越来越温暖了，我能感觉到它，它离我越来越近了。那是什么呢？

"快点，我们去另一条船吧，"肖娜说，"我们必须尽快返回教室了。"她准备游走了。

"等等！"我叫道。

肖娜转过身来，"怎么了？"

我真的可以说出我的感觉吗？我感觉有一团火在我的胸膛燃烧，它告诉我：我必须留下，必须在这下面找到点东西。但是我突然想到，上次我让肖娜跟着我的直觉，以及她帮助我后发生的事情。我们激怒了北海巨妖，从而威胁到整个岛屿的安全。不，这次我不能这样做。

但我也不能让它孤零零地待在那儿。

"你继续吧，"我说，"我想在这里再看看。"

"但是没有什么值得看的了。它只是一堆岩石啊。"

"我知道。我只是——我只是想再去转一圈。"

肖娜摸了摸了头发:"好吧,如果你确定要这样的话。咱们在国王号见吧。别待太久了。"

"好的。咱们那里见。"我回答道,并试图对她微笑。然后她一转过头,我就开始干我自己的事情。这下面是什么?为什么吸引着我呢?不管怎样,我决定要找出来。

我像一条在洞穴里追着兔子跑的狗。珊瑚在挠我的尾巴,我的头发乱蓬蓬的,我的指甲里面全是沙子,石头划破了双手。但我不能停止,不管这下面有什么,我都要找到它。我几乎可以听到它在呼唤我,就像它想被我找到一样。

"你在干什么?"

我猛地抬起头,是肖娜。

我回答不上来。

"我一直在等你。我还以为你正在去国王号的路上!"

"我是准备这样做啊,"我结结巴巴地说,"只是我想——"

"你的指甲!"肖娜尖叫着。我立刻将手握拳,但为时已晚。肖娜游到我身边,打开我的手。"旋尾老师会生气的!"

"是的,我知道。"我咕哝着。我不想谈论我的指甲!我想继续我的搜索。

"来吧,"肖娜说,"我们就要迟到了。"她的脖子上缠绕着一些闪亮的粉色海藻。她肯定是在国王号那里找到的。

"是的,"虽然我没有想要游到国王号那里,但是我还是附和着她。

肖娜噘起了嘴,把头发摆弄到了一边。"爱美丽,这是怎么回事?你的表现很奇怪。"

"不,我很好,"我一边说,一边勉强地微笑着,"真的,对不起,我们走吧。"

我拖着自己远离洞口,假装和肖娜一起回去上课。虽然,我并不想要离开这里。

"稍等一下,"当我们经过了幸运号的时候,我突然说道,"我想先清洁我的指甲,然后再赶上你。"

"什么?"肖娜不耐烦地挥动着尾巴。

"因为旋尾老师——"我支支吾吾地说,"不会很长时间的,我会赶上的。我很快,就在你后面。"

"我会等你的。"肖娜叹了口气。

"不,你先去吧,我很快就会赶上,我不想你迟到。"

她耸耸肩说:"好吧。"然后就游走了。

她一游远,我就直接回到了岩石那儿。这里面的东西把我硬拽回来,我就像鱼被诱饵引诱一样。当我挖得更深的时候,我要将双手按在我的胸口,以防它受伤。

然后我看到了它。

翻开最后一块石头,它躺在那里,对着我闪闪发光,它的光呈五彩斑斓的弧状——这是一个戒指。那是我见过的最大的、最亮的钻石戒指。它一定是在一次事故中被遗失的，因为黄金戒托已经被压坏变形了。我将它挤进我的中指，然后检查它。我敢说它过去肯定要大得多，但由于这些凹痕，它非常适合我的手指。看着它，我有种奇怪的感觉。它就像我心中的死结，让我想哭泣、尖叫或大笑，我也不知道我的内心究竟是哪种感觉，是怎样的感觉。或者，是这些感觉的综合。

  我想整天都盯着它，但是我必须要回到教室。每隔几秒我就看看自己的手指来检查戒指是不是仍然在，我对自己笑了笑，然后游回班级中。

第三章

　　我加入了班上的其他同学,大家聚集在池塘中心的一块岩石周围,在那里我们互相观看着各自的收获。当旋尾老师转头看向别处的时候,我悄悄地溜进来了,因而她没有注意到我是最后到的。

　　岩石被各种物品覆盖着,它们照亮了整个教室,我们周围迸发出一百种颜色。我盯着大家的收藏品,有呈现出明亮粉色和绿色的海藻、带有旋转花纹的漂亮贝壳、各种颜色的海洋之花。装满沙子的古老的罐子是那么明亮,它更像是一个发光源。闪亮的蓝色、绿色和橙色水晶,还有闪闪发光的白色岩石。尼普顿肯定会很高兴的。

　　当旋尾老师注意到我沿着池塘的边缘缓慢移动时,她犹豫了一下,突然脸色苍白。"紧急情况,爱美丽!"她将一只手捂在嘴上，说道。

"什么？"我很不解。

"你的头发！"她喘着气，疯狂地四处张望。"快，给我一把梳子！快点！"

"这里，她可以用我的。"玛丽娜说着，从她的绳袋中取出一个螺纹贝壳梳子。

"谢谢你，玛丽娜。"旋尾老师开始梳理我缠结的头发，一次又一次地拉扯着我的头皮，直到梳子梳通我的头发。

"这样更好，"她说着，开始检查我，"现在，让我们来看看你的收获吧。"

我的手放在口袋里，我正要取出戒指向她展示，但奇怪的事情发生了。戒指似乎拉着我的手，我几乎可以听到它在乞求我不要将它拿出来。

"肖娜已经把我们的东西展示出来了，"我一边说，一边指向我和肖娜一起收集的珊瑚和贝壳。我屏住呼吸，等待回复。我的手仍然坚决地待在口袋里，我把手指上的戒指转了转，感觉钻石正对我的手掌心，然后我攥紧拳头，它是安全的。

旋尾老师只是点了点头。"非常好。你们俩做得很好。"她一边快速地说，一边向别人游去。

我深深地吸了一口气。然后我看到肖娜在盯着我。"这是怎么回事？"她低声说。

"等会儿告诉你，"我低声回答，"我发现了一个东西！"现在，我没有考虑不能让肖娜陷入困境的事情，我迫不及待地想要和她分享戒指！

肖娜的眼睛睁得大大的，向四周看了看，旋尾老师敲了敲桌子，引起了每个人的注意。

"现在，孩子们，"她说，"你们做得很好。你们在这里创造了一个巨大的宝库！尼普顿会对你们满意的。不久之后，他将来到我们这里，我希望你们每个人都能利用自己找到的东西来打扮自己，让自己尽可能美丽和英俊，我们班成为我遇到的最有礼貌的班级。大家能做到吗？"

我们异口同声地回答道："是的，旋尾老师。"然后我们陷入了一片嘈杂声中。我们开始分享和比较我们彼此的成果，进行物物交换，并且和对方讨价还价以得到最好的产品组合。

我环顾四周，大家都在设法美化自己的外表。真是难以置信，海底的几个小物件可以改变我们每一个人的外表。奥尔西娅用一些明亮的蓝色海藻装扮了自己，海藻在她乌黑的头发周围飘荡，让她看起来有几分哥特式的迷人气息；玛丽娜在她的比基尼上添加了一个海星胸针和牡蛎壳的皮带；亚当在黑船的绳带上添加了一个闪亮的银色蟹外壳，做成了一条摇滚明星穿的腰带；我和肖娜，用收集到的贝壳制作了手镯和项链，将珊瑚编成帽子，将亮晶晶的石头做成各种图案挂在尾巴上，用闪光的粉红色沙子包围了石头。我们把所有在岩石上发现的珠宝，都放在了教室的中心。

"不错，不错，"旋尾老师边检查边微笑着点头，"做得很好。你们应该和水虎鱼一样自豪。"

正在这时，一件奇怪的事情发生了。奇怪，但熟悉的事情。非常熟悉的事情。整个教室开始摇晃，池塘里的水咕嘟咕嘟冒着泡，教室上面的钟乳石在颤抖和晃动，似乎就要坠落，并且可能会击中我们中某一个人。上一次发生这种事情的时候，我以为是一场地震，但它不是，至少我知道这一次不是的。

"是尼普顿"，旋尾老师说道。她的声音盖过了池水旋转的声音，水一圈又一圈地旋转形成旋涡。"孩子们，到两侧去。震动等会儿就会停止。"

不要恐慌，要放松。我试着平稳地呼吸，但我还是忍不住紧张。

我一次又一次地告诉自己，他不是来看我的，我没有做错什么。我确定这次我没有惹事情，他甚至不知道我在这儿。

我们游到游泳池的一边，我们大家都摔倒了，然后手忙脚乱地整理我们的装饰品。

水面突然恢复了平静，和它开始震动时一样突然。池塘比以前更明亮，墙壁闪闪发光，我们在洞穴里静静地等待着。

海豚们第一个出场，如前线军队一样井然有序地游进池塘里。在它们后面，尼普顿的战车慢慢地进入我们的视野中。这个用很多种珠宝装饰的战车金碧辉煌，每次我看到它，都要屏住呼吸。我必须遮住眼睛来保护自己免受洞穴周围耀眼的光的伤害。

整个班级变得安静。然后尼普顿在我们的教室里出现了。尼普顿坐在战车上，金色的王冠戴在他的头上，三叉戟高高举起，他的胡须一直延伸到胸部，他眉头紧锁，就这样抵达了洞穴。

战车停了下来，海豚立即游到后面，并且在我们池塘的对面依次排列开来。尼普顿沉默不言地举起双手。

周围一片寂静，尼普顿将双手举向空中。一只手握住三叉戟，另一只手的手指敲了两下。一会儿又有人游进了池塘之中。刚开始我们看不清是谁。他低下头，虔诚地向尼普顿鞠躬。但当他抬起头的时候，我有点紧张。我见过这张脸：破碎的牙齿，奇怪的眼睛，令人毛骨悚然的侧面。

是比斯顿先生。

尼普顿朝他点了点头，然后他游到战车的后边。"陛下，"他低沉地说，"请允许我实现您的愿望。不管您需要的是什么，您只需要——"

"够了！"尼普顿一边低吼，一边不耐烦地用他的三叉戟撞击战车的地板。

旋尾老师向前游去，也低着头。"陛下，我们非常荣幸，"她简洁地说，"我非常重视您的要求，已经安排好了工作，并且就像我告诉您的那样，我已经得到了许多孩子的帮助。"

尼普顿舒展了他白色的眉头。

旋尾老师继续快速地说:"我没有告诉他们您来访的目的。我们目前只是以您的名义寻找一些物件。"

尼普顿吸了一下鼻子。"很好,"他说。然后,他又敲了两下手指,示意比斯顿先生过来。比斯顿先生再次向前游过来,他一边傻笑一边流口水,就像蠕虫一样。

尼普顿对他说:"向孩子们解释一下我来这里的原因。"

"我——好的,陛下,"比斯顿先生结结巴巴地说,"我马上解释。"在他朝我们游过来之前,他调整了领带,清了清嗓子。他轻摇尾巴推动水,让自己在水中的位置更高一些,然后又回头看了一眼战车。尼普顿短暂的怒视是他开始的所有动力。

他带着令人毛骨悚然的微笑环顾四周,然后说道:"孩子们,正如你们所知,因为众多原因,这个小岛是一个非常特殊、非常重要的地方。其中最重要的一点是这里有海怪。"

洞穴中突然迸发出一阵轰隆声。我四处张望,想看个究竟。但是似乎没有其他人注意到这一点。他们都看着比斯顿先生。

又是这样。

我的心跳动得如此激烈,我都能在耳朵里感觉到它怦怦的声音。海怪,尼普顿的宠物北海巨妖。它又发生了什么?它又醒了吗?这可能是他能告诉我们的最糟糕的事情了。因为那不仅意味着我们又将处在危险之中,还意味着尼普顿会记起这是谁的过错,是谁在一开始的时候唤醒了它。我偷偷摸摸地在水底下游着，试图将自己隐藏起来，努力让自己不被发现。我能感觉到我的脸发热。事实也是这样，在我的口袋里，戒指似乎燃烧了起来，几乎要烧焦我紧握着钻石的手指。

"大家都知道，北海巨妖最近被惊动了。"比斯顿先生停顿了一下，眼睛直直地看着我。为什么我不能变成透明的？为什么？

然后他又看向别处，审视整个班级。他说："从那时起，我就保证，作为北海巨妖的主要看护者，我保证将不会有进一步的骚乱发生。我对工作会报以极大的警觉和忠诚……"

"比斯顿，"尼普顿咆哮道。

"对不起，陛下，"比斯顿先生转身鞠躬说道。他转向我们，又开始说："然而，目前还有一两个没有解决的问题。一切和设想的有点不太一样。"

"说重点！"尼普顿气炸了，洞穴也在颤抖，一块石头从顶上掉落，溅到水里，水花溅到我们所有人身上。

比斯顿先生全身通红，快速地说："海怪在它的巢穴藏了许多珠宝。军舰的许多战利品和巡洋舰的许多货物，在海怪睡着的时候，它们都被安全地掩埋在海底。但自从最近发生了麻烦，这些宝藏就失踪了。许多掩埋在中心岛洞穴深处的物品都被挖走了或者丢失了。"

说到这儿，比斯顿先生停了下来，闭上了眼睛。一片安静，他继续说："我确保，大多数宝藏已经被找到了。被委任这样重要的事情，我不敢失职。然而，我——"

"够了，比斯顿！"尼普顿从他的战车上站起来。他的头高于我们所有人，几乎顶到天花板。"我会继续下去。也许孩子们会理解这里发生了什么，以及为什么会发生这些事情。"

他用他的三叉戟指着比斯顿先生，然后说："是的，孩子们。你们听到的是真的。一些人让我很失望。他们被授予了最高的荣誉，但是他们已经不配拥有被我信任的特权了。因而，我失去了一些属于我的宝藏。我并不打算忍受这种情况。"

他停顿了，环顾了一下寂静的教室。"我想找回宝藏。"他最后以低沉而威严的声音说道，这种声音就像几千米以外的打雷声一样。"每一枚硬币，每一颗宝石——所有的都要被找回。"

我感觉我的手好像被火烧一样。戒指！它好像在我的手掌上烧出了一个洞。

我试图将它拿出我的口袋，但我做不到。我的手被卡住了，动弹不了。我紧紧地咬着自己的嘴唇，让自己保持清醒。

就在这时，旋尾老师向前游去。"陛下，"她说，"请允许我向您展示我们收集的物件。"她向我们做了个手势，要我们让出一条道，并且朝着池中央的岩石游去。每一块岩石上都有珠宝，它们闪闪发光，格外耀眼。

"孩子们做得很好，您同意吗？"旋尾老师一边说，一边转向尼普顿。

但是尼普顿没有回应。当他游到岩石附近的时候，他非常贪婪地看着这些珠宝。"很完美,"他说,他的嘴角轻轻上扬,他的眼睛和珠宝一样闪闪发光。他挥动着双臂向前游去,将五颜六色的珠宝都扫入怀中。

他返回到战车上,他的手塞满了珠宝,他转向我们说道:"做得好,孩子们,你们应该为自己所做的一切感到骄傲。旋尾老师,你做得很好。我在想是不是还有人如此完美地完成了任务。我将拜访他们,并奖励最有责任心的人。现在,我是来监督你们行动的,确保没有人试图欺骗我,拿走我的宝藏。对于这件事情,我将不再保密了。你们可以畅谈你们的冒险,你们会为你们的工作感到骄傲的。"

尼普顿的眼神只在珠宝上停留了数秒,又环顾了我们所有人。我确信,他开口说话的时候正直直地盯着我。"所有物品将被归还。每一个物品。你们听到我说的了吗?"

最后,他用可怕的眼神盯着我们所有人,尼普顿将三叉戟猛烈地撞击在战车的地板上。那一排海豚瞬间返回,将缰绳咬在自己嘴里。现在尼普顿已经有了满满一车的珠宝,他对我们不感兴趣了。

"比斯顿,将它们打包,"他朝侧面大声说,"如果你们有更多关于我丢失的珠宝的消息,请告诉我。"海豚们开始游动,载着尼普顿离开了洞穴。

尼普顿一离开,比斯顿先生在水里游得更高了。当他再一次和我们说话时,他的声音饱含着令我毛骨悚然的咆哮,而不是每次尼普顿在附近时候所表现出来的傻笑。

"你们都听说过国王,"他边说边一一扫视着我们所有人,"我不需要告诉你们他有多么强大,他能得到所有他想要的。事实确实是这样,朋友们。"他举起一只手,理了一下他的头发,又说道,"我要确保这一点。现在这个任务已经不再是秘密,每个岛上的居民都将参加这个项目,直到我们的国王满意为止。你们听清我说的话了吗?"

我们都点了点头。大部分人都紧张得不敢说话。我不紧张,只是有点生气。他以为他是谁,凭什么像这样告诉我们该做什么。他可没有吓唬到我!

就在这时,比斯顿先生的眼神落在我身上。他看着我的眼睛,然后盯着我尾巴旁的口袋。他知道了吗?我现在应该告诉他吗?我试图抽出我的手,但是我的手又被卡住了。我甚至不能动它!倘若我永远不能动我的手了,那该怎么办?当比斯顿先生靠近我的时候他肯定发觉我很紧张。"爱美丽,你有什么东西要分享吗?"他问道,他的声音就和海鳗一样黏滑而难听。

"没有!"我急忙说。我还能说什么呢?好吧,可能有,但它似乎是一枚神奇的戒指,它钻进我的手掌,紧紧地握住我的手,所以我不能在这一刻展示给你吗?我不这么认为。

他游得更近了。"你确定吗?我希望你了解,如果有人试图欺骗尼普顿,即使是很小的宝石,他也一定会严惩不贷的。"

这时我丧失了理智。

"我——我发现了一个东西，"我说。他向我逼近。

"发现什么？"

"——一枚戒指。"

"什么样的戒指？"他继续问。

我应该展示给他看，我应该要这样。如果可以的话，我当场就递给了他，但我不能。戒指就像一个爪子一样紧紧地抓住我的手，仿佛把我的手钉在我的口袋里。"一枚钻石戒指"，我说着，手中感到一股暖流袭来。"一颗巨大的钻石，闪闪发光，非常闪亮——可能是你见过的最美丽的钻石戒指。"

比斯顿先生长吸一口气，然后说道："在你们收集的东西中没有这样的戒指。"他开始远离我。

"它有一个厚厚的黄金戒托，但是戒托已经变形了，"我试图把他喊回来。

比斯顿先生停了，然后转过身来。"等一下！"他的脸顿时变得惨白。"你说什么！钻石？"他气急败坏地说。

我点了点头。

"是一颗巨大的钻石以及一个破旧的黄金戒托吗？"

我再次点了点头。

他再次问："好像被扔掉的一样破旧吗？"

我回答道："就像经历了一场战争！"

比斯顿先生吞了吞口水，然后顺手拨开了脸上的一缕头发。

"我不相信,"他说,"那一定是……"他欲言又止,"那戒指在哪儿?"他在我耳边静悄悄地问。

我再一次试着举起手,但是我办不到。我打算做什么呢?我总不能说戒指不让我把手从口袋里拿出来吧!那听起来太荒谬了!没有人会相信我,更不用说比斯顿先生了。

我最终只好说:"我弄丢了。"

"弄丢了?"比斯顿先生焦躁地说,"弄丢了?你不可以弄丢它!"

"对不起啊,我把它扔在沙滩上了。"我扭过头,祈祷他不会注意到我涨红的脸颊。我的脸颊和戒指一样滚烫,戒指依旧在我的手心里灼烧着。

就在这时候,旋尾老师游到了我们之间。"比斯顿先生,恐怕你还没注意到,孩子们已经为尼普顿收集到了很多珠宝,他似乎很满意我们的工作。所以如果你稍微承认一下我们的努力,我将会很感激的,现在请你离开,我们需要继续上我们的课了。我们还有很多事情要做。"

"很好,"比斯顿先生回答道,他朝老师简单地鞠了个躬,然后朝着池塘的边缘,通往洞穴外面的隧道游去。当他到达隧道入口的时候,他又回头看了看我们,然后笑着补充道:"谢谢孩子们。"

旋尾老师摆动着她的尾巴,发出巨大的声响,以此来吸引我们的注意。除了我之外的每一个人都回头看着她。我仍然看着比斯顿先生,他也看着我,喃喃地说:"我俩还没有结束。"

与此同时,他挥动着尾巴,消失在黑暗的隧道中。

我假装和班上其他同学一样,听着旋尾老师讨论下午的测试。我假装不在意比斯顿先生愚蠢的威胁与尼普顿的愤怒,我应该一点都不在乎。尼普顿已经来这里看望过我们所有人。而且比斯顿先生离开的时候并没有低声威胁我。这些都不是真的。我一定是看错了他的唇语,也许他是在和别人说话。那只是我想象的东西而已。

我握紧戒指,试图得到一丝慰藉。至少我还有戒指。

我感觉到它在发光,甚至用极其锋利的触感灼烧我的手指。好吧,这些应该只是我的幻觉。

第四章

过了很久,我才有机会和肖娜说话。我们没有单独相处的时机,午餐的时候,几乎每个人都聚集在一起谈论尼普顿访问的事情,之后我们又必须静静地坐在教室进行海洋研究测试。

傍晚的时候,我们和奥尔西娅、玛丽娜一起穿过隧道。

"题目太简单了!"我们一离开教室,玛丽娜就说。

"你第四题填了什么啊?"奥尔西娅问道。

"天使鱼。"玛丽娜迅速回答。

"我也是。"

肖娜正专心地抚摸着那些闪闪发光的黄金海星,那是她凭借最好的外表打扮而赢得的奖励。

"超酷,尼普顿来了我们的学校。"奥尔西娅低声说。

"我知道。"肖娜迷糊地回答。

"不知道他是否找回了他所有的宝藏,"玛丽娜一直在说,直到我和肖娜与她俩在隧道的尽头分开。她们三个人都在谈论尼普顿到访的事情。

她们一走远,肖娜就转向我,她目光熠熠地望着我。她激动地说:"所以?今天早上你想告诉我什么?是戒指吗?你真的弄丢它了吗?"

我环视了一下四周才回复肖娜。周围只有一些年轻的人鱼孩子在路上嬉戏打闹。他们当中有几个人捉了一只海豚,然后骑着海豚回家。而另一些人互相追逐,越过波浪,相互嬉戏。太阳已经落山了。

我把肖娜带到一个岩石的裂隙。我们在岩石之间遨游,选择了一条更长的回家路线。我确信周围没有人,然后把手从口袋里拿出来。这次很容易就抽出来了。我转了转戒指,把手伸了出去,这样她就可以看到钻石了。

"旋转的海马!"肖娜一边说,一边游过来近距离观看,"你一直都拿着它!但是你为什么说自己把它弄丢了呢?"

我犹豫要不要告诉她这种奇怪的感觉,我一整天都有的这种感觉。但是,这听起来太疯狂啊!不是吗?

我说:"你能答应我,不会告诉任何人吗?"

肖娜茫然地看着我,说:"为什么?这是个大秘密吗?爱美丽,你怎么没将它上交呢?"

我摇了摇头,说:"我做不到"。

"你的意思是你不想上交吗?"肖娜说,"爱美丽,你也听到比斯顿先生的话了,不论谁这样做,尼普顿都会生气的。"

"我做不到,肖娜。"我更坚定地回答。

她停下来,盯着我看。"为什么呢?你到底是什么意思?"

我抬头看向她。我能感觉到我的尾巴在颤抖,我的脸也红了。"你肯定认为我疯了。"我说。

肖娜一边微笑一边说:"我当然不会,我知道你是疯狂的。来吧,告诉我,你最好的朋友。告诉我真相吧!"

我笑了,尽管我感觉这一切都很奇怪。"好吧。"我还没来得思考这些事情。我把我遇到的所有事情以及我的感觉都告诉了肖娜,包括从我戴上戒指,到尼普顿在学校的时候感觉我的手掌一直被卡在口袋里这一系列的事情。

"当我正在寻找它的时候,我总有一种奇特的感觉。我的感觉是那么强烈,就好像它希望被我找到似的。"我喃喃地讲述着。

我停了下来,等待肖娜说话。可能她会告诉我,我完全失去她了,她不想再成为我的朋友了。为什么我要再次冒着失去友谊的风险呢?但是现在已经太迟了,她会说我是在开玩笑的吗?

我低头盯着一只瘦弱的海马在海床上上下浮动,它明亮的橙色在白色沙滩上格外醒目。一群小黄鱼游过,没有注意到海马抑或我们。

最后，我又抬头看着肖娜。她盯着我的脸。"你能保证这不是捏造的故事吗？"她问道。

"当然，我没有捏造故事。为什么我会希望自己比你想象的还要蠢呢？"

"那么，这一定是魔法，"她的眼睛闪闪发光，带着喜悦，"多么神奇！"她充满羡慕地问："我能试着戴一下吗？"

我笑了。我早就猜到肖娜想在自己手上试一试。

我试图把它从我的手指摘下来，但是它卡住了。我更加用力地往下摘，但这时，一大波噪音灌入我的脑海中，雷声隆隆。我能感觉到，海上有一股风暴正在肆虐，浪花四溅，雷声响彻天空的每一个角落，闪电劈开了整个世界。悲伤袭来，我想哭。我突然有种泪如雨下的冲动，直到眼泪填满整个海洋。我紧紧闭着眼睛，放弃摘下戒指的想法，我用手捂住了耳朵。

暴风雨立刻停了下来。

"那到底是什么？"我问。

"什么？"肖娜看起来很困惑。

"就是风暴，海上风暴。"

肖娜一边看着我的侧脸，一边说："我不明白你的意思，我什么感觉都没有啊。"然后她摇了摇头，检查戒指是不是有损坏。当她盯着戒指看的时候，我挥动着尾巴，站得笔直。她是在和我开玩笑吗？她怎么能没注意到暴风雨呢？"这真的是我见过的最酷的东西了，"肖娜呼吸着，仍然表现得好像什么事也没有发生。

好吧，我也可以这么做!"我摘不下来，"我说，"来，让我试试。"

肖娜伸出手，说:"来吧，让我试试。"我打开手掌。但一接触到戒指，她就立刻从我身边弹飞了，落在长满青苔的海藻之中，就好像被大炮袭击了一样。

我游到她身边，把她拉了起来。"你还好吗?"我问。

"它把我烧伤了!"她尖叫着，指着戒指，"还咬了我一口，或者对我做了其他的事情!"

我又猛地拉了一下戒指。"别开玩笑了，这仅仅是——"

"我再也不想尝试了!你把它保管好，这样就好了。"肖娜晃动着她的尾巴，将她鳞片上的沙子和苔藓擦拭掉。

我把手指上的戒指转了转，那样钻石可以藏在我的手掌里。这样让我感觉更安全。

"来吧，"肖娜说，"让我们回到你家，做我们的家庭作业吧。"

她没再说别的就游走了。

当我们到达幸运号的时候，我发现事情有些不对劲。我看到的人是米莉，虽然这也很平常，因为她经常来看望妈妈。

但是今天她是独自一人。如果晒太阳是恰当地表达的话，那么她正在前甲板上晒太阳。米莉一定是世界上唯一一个穿着长长的黑色礼服享受阳光浴的人。她从不穿别的衣服。她屈膝跪在毛毯上,在她旁边,一袋纸牌以星形展开。

"妈妈?"当我们走近时,我对着船喊道。

米莉在阳光中眯着眼睛,朝着我看了看。她坐起来,把她的礼服拉到腿上,把牌收成一堆。我和肖娜游到船的一边。米莉回答说:"你妈妈不得不出去了。"她回答的方式保持了她一贯神秘的风格。

"不得不?为什么?去哪里?"

"她只是——好吧,这不是我能解释的。"

"好,我去问爸爸。"

我游到船的前面,正要深入到舷窗里面的时候,米莉突然说:"他也出去了。"

我停下来,用尾巴拍着水。"他们一起出去了吗?"我满怀希望地问道。虽然在她回答之前我已经知道答案了。

"不,"她没有看我的眼睛,"不,他们各自出去的。你妈妈让我照看你。我想如果你愿意的话,我们可以一起玩纸牌游戏,我也可以为你演示塔罗牌。"

"他们吵架了,是吗?"我说。

米莉仍然没有看我。她开始为一场比赛而耐心地整理纸牌。"我认为你需要和你的父母谈谈这件事情,"她尴尬地说着,"这不是我能解释的事情——"

"没关系,"我打断了她的话,"来吧,肖娜,我们进去吧。"

我们静静地游过舷窗，来到楼下的地板上，这个地方满是水，这是爸爸住的地方。我知道米莉告诉了我什么，甚至还知道她没有告诉我的事情。很明显，爸爸妈妈吵架了。他们这个状态已经持续好多天了。

我一整天都在努力地不去想爸爸妈妈早上的争吵，试图想一些别的已经发生的事情。但是现在，他们都离开了。他们是离开了彼此，还是也离开了我呢？他们两个还会回来吗？他们吵架是因为我吗？如果他们不需要争论如何培养他们的女儿的问题，也许他们之间的一切都会很好。

肖娜试图在蕨类窗帘后面做鬼脸、和我分享她从学校带回家的闪闪发光的瓶子来让我高兴，但这并没有什么作用，没有什么能减轻我的悲伤或消除我的忧愁。

妈妈和爸爸要分开了，这都是我的错。

"爱美丽，你在下面吗？"米莉从厨房往下喊。

我立刻跑到小悬门那里。也许她想告诉我妈妈和爸爸回来了！"爸爸妈妈他们回来了吗？"我问道。

"我——对不起，"米莉说，"我只是想我可以给你们泡一些茶。我觉得你们可能饿了。"

我突然感到一阵空虚，但一点都不饿。

"不用了，谢谢。"我生气地说，不等她回答，我就转身走了。

肖娜正忙着用磨光技术在尾巴上画她的螺旋图案。当我游回来时,她抬起头来看着我。然后石头晃动,海浪滚滚而来,甚至小船都在晃动。水从我们上方的活板门中冲了进来。

"发生了什么?"肖娜喊道,抹去了她尾巴上的一圈模糊图案。

"我不知道!"我整个人都松了口气。至少这次并不是我想的那样。"游到舷窗那里去!"

我们尽可能地游到前面,敞开的舷窗看起来就像世界上最稳固的事物。我们牢牢地抓住它的两边,我们的尾巴四处拍打,等着震动停止。

"你们都在下面吗,姑娘们?"米莉的叫声从甲板上传来。

"我们都很好!"我喊道,"扶住铁轨,米莉!"

"我正是这么做的!"她回答。"我这边很好。别担心,很快就会结束的。"她又说,她的声音害怕地颤抖着,"我会照顾你的。"

我们紧紧抓住两边,我们的身体从一边甩到另一边,我们的尾巴撞到墙上,整个船也在不停地摇晃和震动,就像在坐水下过山车一样!向上,向下,拍打着我们所有人,我们的身体在水里剧烈地前后撞击,我几乎要受伤了。

突然这一切停了下来,这艘船停止了摇摆。我和肖娜屏住呼吸,相互对视,但仅仅停留了一秒钟。

下一秒钟,一阵剧痛刺痛了我的手。是戒指!它紧紧地抓着我的手指!啊呀!我把我的手攥成一团,钻石紧紧地钻进我的拳头里。我屏住呼吸,抬起头来看到一个黑色影子落在了舷窗上。

有东西在外面,一个很大的东西,而且它正朝这艘船游过来。

第五章

"我已经知道了!"声音传入小船之中,就如同爆炸一样响亮。

这不是真的。尼普顿!他在船外,他的战车在阳光下闪闪发光,当他举起三叉戟时,周围的海豚围绕着他。他附近的海水像燃烧的岩浆一样冒了出来。

"到这儿来!"他低吼。

我环顾四周,迫切地希望他是在和别人讲话。我的意思是,这是不可能的。这不能啊。但这次我做了什么?

"是的,"他以更威严的声音咆哮着,甚至比大声呼喊更有威胁性,"就是你。"他直直指向我。

我游过水下门的舷窗,我的尾巴颤抖得很厉害,我甚至以为它会掉下来。

"你一个人过来！"当肖娜在我身后靠近舷窗的时候，尼普顿咆哮着。

"我在这儿等着。你会没事的，"肖娜低声说，听起来好像她和我一样坚信这件事情。

我像水母一样摇摇晃晃地游向尼普顿，等着他说话。

但他没有，他只是盯着我。我甚至开始猜想他是否会用他的眼神把我变成石头，但他甚至都没看我的眼睛。他看着我的手，看着钻石。

"这一次，比斯顿做得很好，"他平静地说。当然对于尼普顿而言，那是平静的声音，但它在空气中依然十分响亮，每一个字都使战车旁边的海水溅起了水花。"这么多年来，它就在这里。"他低声说，语气甚至更加平静，他的眼睛仍然盯着那枚戒指。

我的手在他的凝视下有点发热。手掌好像着火了，火焰炙烤着我的手指，通过我的手臂，穿过我的身体，向我身上蔓延。我咬紧牙关，等待着。

最终，尼普顿抬起头来看着我的眼睛。"把它摘下来，"他简单地说，同时伸出他的手。

"我——"

"这个戒指，现在把它给我，现在！"

当他等着我的戒指时，海水在我们周围摇晃着。我笨拙地摘戒指的时候，我也在随着海水上下晃动。我的双手害怕地颤抖着。我做不到，戒指摘不下来，戒指完全卡住了，我的手指肿起来了。

"我——我做不到。"我说，我的话卡壳了。

就在这时，尼普顿在他的战车里升得更高了。伴随着他的升高，海浪变得越来越汹涌，我旁边溅起水花，拍打着我的脸，把我往下拉。"过来！"他命令我。我拼命地旋转着尾巴，竭尽全力地把自己推到后面，游向战车。

尼普顿把他的三叉戟放在我面前。"伸出你的手，"他说。我照他说的做了。然后，他带着三叉戟向我靠近，摸了摸戒指。

有电流穿过。就如同字面上的意思，我感觉就像被闪电击中一样。我的身体中好像每一根神经都被千伏电压的电击得嗡嗡作响。尼普顿好像也感觉到了，他的胡须似乎有火焰飞出，他的尾巴上到处都是火花。一盏锯齿状的橘色灯在我们中间跳动着，发出噼啪的响声。

尼普顿终于把三叉戟拉开了。他喘着气，不停地喘着气。然后，他伸出手抓住我的手腕，拉扯着戒指。

"啊啊啊啊！"他一边尖叫一边向后躲闪。他握着他的手，吹了一下，然后把它扎进了水中。当他这样做的时候，我们附近的海水翻滚，这是我所见过的最严重的风暴了，乌云密布，天空一片漆黑，笼罩着我们。我被海浪拍打得四处滚动，甚至连幸运号都开始剧烈地摇晃，几乎要从卡在海底200多年的地方自由地离开！这艘船疯狂地从一边倒向另一边。

"那些该死的誓言！"尼普顿大声叫喊，"他们不能阻止我接触到戒指！我是海洋之王！"

他是什么意思？什么誓言？他为什么不能接触戒指呢？

他仿佛听到了我的声音，尼普顿突然扭过头面对着我。他对我说："那枚戒指已经被我丢失几百年了。确切地说，是留在了它应该待的地方。这些年来，我从来没有思考过这个问题，从来没有。我从来没有问过它的下落。"他讽刺地笑出了声。不过，他脸上没有微笑。"我本来就知道海怪会找到它并保护它，因为北海巨妖知道什么是忠诚。"

尼普顿看向天空，"它应该被藏起来，深埋于海底。"他大声呼唤，天空的云被分成两半，雷声响彻天空。"它需要被埋葬，它所代表的一切都要被埋葬。"

然后他转向我，"你又将生活带回到本来应该是永远——永远被遗忘的状态，"他说，"离开我的视线。"

我不需要被教训两次。我努力地向幸运号游去。

我可以看到米莉，她的手紧紧地抓住铁栅栏，她的双腿在甲板上左右摇摆着，她的黑色礼服在她周围旋转。肖娜一定还在里面。我尽我所能地向前滑翔，每一次都下沉。我不停地拍打水花，防止自己坠落，终于抵达了船上。我抓住一个较低的栏杆，试图稳住自己。

"等等！"尼普顿召唤我，"我不会允许这样的事情再次发生的！"一连串的闪电划过天空，似乎要把天空撕成两半。船再次摇晃起来,又把我甩到水里面,我喘着粗气。当天空中雷声滚滚的时候,我紧紧抓住舷窗,听起来好像有人带着一个行星大小的扬声器低声击鼓。

尼普顿的脸瞬间变成了紫色。"你不能藐视我!"他咆哮着,"我是尼普顿,海洋之王,在我的规则里,谁也别想钻空子。你听到我的话了吗?"

我用力地点了点头。"是的,陛下,"我声音颤抖地回答他,"我听到您说的了。我——我很抱歉,我并没有想要偷走您的宝物。请相信,我会将它还给您,我会把它物归原主。"我与戒指搏斗着,这一次,它同样没有让步。我的手指被擦伤了。

但是它不能摘下来,我也有点高兴。戒指让我有这种感觉——那是什么样的感觉?是一种舒服的、安全的、重要的复杂感觉。

"够了!"尼普顿暴怒,"我要将它拿回来。我知道如何得到它,即便这意味着要用一个已经很久没有使用的咒语。"

"您是什么意思?"我问道。船在波浪中摇摆,水花在我们周围四处飞溅,我抓住小船的一边。"我不明白我做了什么!"

"这是你的父母在创造你时所做的!"尼普顿大声喊道,"现在我就要毁灭它。"

尼普顿停顿一会儿,望着别处。当他的目光回到我身上时,我觉得他的眼睛里有一滴眼泪。尼普顿,哭了吗?如果我不那么害怕,我可能会笑。因为这个想法很荒谬。尼普顿从来没有哭过!

　　他慢慢地举起了三叉戟。当他把它举过头顶的时候,海浪上升,天空变得更加灰暗,幸运号从一边晃到另一边。"你!"他在嘈杂的风暴声中大声地喊道,风暴肆虐着。"你不再是半人鱼了。你不应该和任何人分享我的世界。"

　　"你是什么意思?"我哭喊道,"我不明白!"

　　"这就是我的意思!"然后他挥了挥手他头顶上的三叉戟,一圈又一圈地转。当他向我吼出他的咒语时,天空也开始旋转。一团黑云紧逼海平面,向我们移来,速度越来越快,体积慢慢扩大,每一秒都在加速变暗。

　　"你不再是半人鱼了。你将会变成一条人鱼或你将会是另一个物种。"

　　"不!"我尖叫起来,"我将会变成什么?我能自己做决定吗?"

　　"你没有选择!你没有发言权。这是我的选择,是你的命运。这里是咒语开始的地方。"

　　三叉戟再次被挥舞。另一个黑色锥体朝着我们旋转过来。我紧紧地抱着幸运号,尽全力把自己拉进这艘船。

　　"当我完成咒语的时候,你就能感受到你身上的咒语了。"尼普顿说着,"你会感受到它的威力。几天之后,在月圆之夜,咒语就会彻底生效。你就要改头换面,以新的形式出现了。"

　　我的新形式?

"与此同时,当咒语生效的时候,你既不是人鱼,也不是人。"

在那一刻,我失去了反击和争辩的能力,我甚至认为,我对这一切无能为力,瞬间,一切都变得平静。大海、天空,甚至我周围的空气——都静止了。死亡般的静寂,就像我的思绪一般,一切都停止了。

"爱美丽!"

有人在船上喊我的名字。米莉!我几乎忘记了她!她还在甲板上,她也被海水浸泡得全身湿透。她的头发全贴在脸上,礼服卡在她的身上,就像一层额外的皮肤。"爱美丽!快进来——快!"她喊道。

想也没想,我就冲出舷窗。不一会儿,尼普顿大喊道:"我不会被骗,我不会原谅。我是尼普顿,是海洋的统治者,我的规则就是法律!"

然后它袭击了我们。我看到的是无边无际的黑暗,我们在黑暗中旋转着,然后龙卷风袭击了整艘船,令它钻入海里,我们不停地旋转。

我听不清尼普顿说的话,但我仍然能感受到他的愤怒,他还在对着天空和大海大叫,这时候幸运号已经被撞到很远很远的地方去了。

这似乎会永远持续下去,就像你能想象的最恐怖的过山车经历一样,就如同世界上最快最危险的华尔兹舞蹈的速度再乘以一千倍。我紧紧地抓住船最底下的一个板凳。我试图喊肖娜，但我几乎不能发出声音。每当我试着发出声音的时候，我的话都会被打断。她还在那里吗？我能看到的都是水，在我周围一圈又一圈地旋转，船里面的水甚至也在旋转，前后左右不断地晃动，就像马术竞技表演，我们不断地倾斜和旋转。我想尖叫，但一次又一次，海水淹没了我的话语与喘息声，甚至我的想法。

最后我只是挂在板凳上，祈祷龙卷风会很快停止，而那时候我还能活着。

最终，气流旋涡的速度渐渐放缓，感觉好像我们已经在暴风雨中待了几个小时。它正慢慢停止，小船仍然在晃动和下降，依然不受控制，但也有偶尔平静的时刻。在平静的间隙，我终于能呼喊肖娜的名字。

"爱美丽？"她的声音，从对面船的某个地方传来，这简直是世界上最美妙的声音了。

"肖娜！"我再次喊她，"你在哪里？"

她从放有我父亲东西的桌子底下钻出来。当我想到父亲的时候，就会有钻心的疼痛。我在肖娜的脸上看到了从未有过的慌张，我认为她也不希望任何人见到她这个样子。她每天都花一个小时梳理的头发缠绕在一起，散在她的脸上。原来她在尾巴上涂画的闪光图案，在一整天的奔波之后也变成黑暗污垢，她的脸白得几乎透明。她看起来就像一个幽灵，一条人鱼幽灵。

当她游到我面前，我可以从她眼里看到她的惊恐，我看起来可能也很糟糕。或许在其他时候，我们会相视而笑，但现在笑声似乎远离了我们。我们给了对方一个拥抱。

"发生了什么事？"肖娜麻木地问。

我摇了摇头，说："我也不知道。尼普顿——他生气了，非常生气。"

"我告诉过你，他愤怒的时候会做什么，不是吗？"肖娜说，"我告诉过你他可以召唤风暴！"

"我认为这只是故事，我以为这只是你在历史课上学到的故事。我从没想过我们会被卷入一个风暴中！"

"是的，"她说，"我也从没想过。"她从舷窗向外眺望。"至少现在它好像停止了，"她充满希望地说。

就在这时，米莉穿过活板门喊道："爱美丽，你还好吗？"她声音哽咽，"哦，爱美丽，请回答我。你在那里吗？"

我游到活板门那里，回答道："米莉，我很好！肖娜也很好"。"哦，感谢上天，感谢真主，谢谢你，谢谢！"米莉抽泣着，"哦，如果你发生任何事情，我不知道我——哦，爱美丽，我很抱歉。"

"这不是你的错！"我一边说，一边努力地游过活板门。米莉坐在震动的地板上，她周围散落的是我们的家庭用品，衣服被丢得满地都是，抽屉也都悬空，眼镜、陶器的碎片到处都是。我几乎无法忍受。

我撑起自己和她一起坐在地板上。我的尾巴开始胡乱地拍打和扭动,并且逐渐消失。从顶端开始,向下蔓延,我感觉到麻木,感觉到尾巴在逐渐消失。我的腿再次出现,就像局部麻醉复苏一样,有点痒。

"米莉,很快就好了,"我一边说,一边用手臂搂着她,安慰她。我不知道我为什么要这样说,也许我希望米莉相信我,然后她能说服我这是真的。

她的肩膀颤抖着,她的头耷拉着,我在旁边试图安慰她。

我一边笨拙地拍着米莉的肩膀,一边等待我的尾巴完成转换,但奇怪的事情发生了,它似乎变化的时间比平时长得多。我的腿是好的,只是有点麻木,还有刺痛感,但是它们看起来有些不正常。这是我的脚。发生什么事情了?它通常没有花这么长的时间。我的脚趾似乎仍然连在一起,像蹼一样。

蹼状的?惊悚的寒冷感刺入我的心中。尼普顿的话。

咒语已经开始了。

"爱美丽,米莉,我认为你们需要看看外面。"我简直无法思考。肖娜迫切地穿过活板门向舷窗游过去了。"我去甲板上,"她说,"我游一圈,然后再来见你。"

我站起来,搀扶着米莉站好,我们一起来到甲板上,我们穿过满地的废墟……当我走过甲板时,我努力不去想我的脚的奇怪感觉。

  我不知道我期望看到外面的什么。既然风暴已经结束了，它应该和原来看起来一样。我的脑子里有个疯狂的想法，我多么希望我们都还在原来的小岛上。

  但什么都没有发现。我几乎看不到任何事物，满眼全是海洋和天空，没有小岛，没有其他任何船，也没有港湾。目光所到之处空无一人。

  空气静止了，似乎世界屏住了呼吸，确定暴风雨是不是真的过去了。

  我所能看到的大海是深蓝色的，静静地流淌在我们周围，如同一百平方英里①的玻璃一样。大海上面，低雾以完美的线条徘徊着。

  太阳落山了，天空留有几丝云，就像深紫色的棉絮，它们是蓝色天空中不同的部分。一缕灰色的薄雾飘得更高，下面的浓雾在急速移动着。

  云的边缘开始变得明亮，好像有人用粉色记号笔在每一个轮廓上画了一个圆，想要弥补沉重、黑暗的风暴。很快，粉色和橙色渗透进云层，分散在每一个角落，形成明亮的橙色，就像一幅画。

  一只孤独的海鸥飞过天空，好像在画上自己的签名。然后我们看到了它。

---

 ① 英里：1英里＝1609.34米。

"看，"肖娜低声说。她指着浓雾中的一个地方。我和米莉顺着她的手指望去，浓雾渐渐地散开，风景清晰，它在雾中渐渐显现。

一座城堡。

第六章

"我们在哪里?"我低声地问。没有人回答。她们怎么回答我呢?

我们互相凝视,每个人都在思考自己的想法,默默地想自己的问题。我没有大声地询问更多的问题。那有什么意义呢?

站在船的前端,我慢慢转了一圈,环顾四周。完全是一样的,我们周围都是大海,而且比我熟悉的大海更寂静,比我所见过的大海更蔚蓝,比我曾经听过的大海更安静。船有轻微的倾斜,压住了一些东西。是什么呢?我没有看到土地。事实上,除了海洋、城堡和薄雾,这里几乎什么也没有。

肖娜躲到船下面,向远处游走了。一会儿,她又出现了,拨开脸上的头发。"我们到了一个沙洲",她断然地说道。

一片沙洲。在海洋的中间吗?

肖娜耸了耸肩，摇了摇头，她的动作回答了我的问题。

我注视着城堡，仔细研究着它。它带着骄傲和威严耸立在大海之上：夕阳下，它哥特式的轮廓就像雕刻在纸板上的画一样。这就如同孩子对城堡的印象一样，两边炮塔完全平衡，在塔的中心还有一个炮塔。在每个可见的角落都有两扇很薄的拱形窗户。我看它时，好像有什么东西拖着我，在我的胸口和城堡之间仿佛有一根电线。我知道，某一刻我会去那里。

天空渐渐变成红色，除了城堡的轮廓和像雪茄烟雾飘散在四周的薄雾，什么都看不见。当雾渐渐减弱直至消失，我注意到城堡耸立在一堆岩石上。锯齿状的石头，仿佛将它托举在一个平台上，像是海洋中间的大舞台。

米莉是我们中第一个意识清醒过来的人。

"好了，女孩们，"她一边说，一边摆动着她的礼服除去灰尘，"我要弄清楚我们在哪里。"当她说话的时候，要去城堡的意念迅速地远离我。

肖娜茫然地看着她，就好像米莉在说外来语。

"我们怎样知道呢？"我问。

米莉朝我露出一个尴尬的假笑，我妈妈在没有线索如何解决问题的时候，也常常这么做。"我会找到一种方法，"她说，"我们会让你尽快回到爸爸妈妈身边的，拭目以待吧。"然后，她低着头，也朝肖娜尴尬地笑了笑。"你也一样，亲爱的，我会弄明白的，别担心。"

她小心翼翼地走在甲板上,轻轻拍了拍躺在一边被卷起的大长帆。"来吧,让我们看看我们是否能扬起帆,"她说,"我们肯定可以航行回去的。"

我难以置信地盯着她。她真的相信我们可以驾驶幸运号这艘船吗?

但后来我又想了一想。为什么不可以呢?也许我们真的可以!要是我们能弄清我们的位置,也许我们就可以扬帆驶回中心岛。当我们在布莱特港时,我曾经设法驾驶了国王号。谁说我不能驾驶幸运号呢?我的意思是,当然,它确实是一个古老的海盗船,两百年前就触礁,破败不堪。从那以后它就再没有航行了。但是我们没有别的选择了。试一试又有何妨?

我们一起拽着绳子,米莉把杆子举得很高,我能在下面躲避,帆在我的手中。我解开一圈又一圈栗色的织物,直到整块帆布落在整个甲板上。

"哎!"米莉看着我们脚下磨损得不能再用的帆不由自主地说道。

我低头看着她,说道:"也许我们可以把它缝好呢!"

米莉叹了口气,笑了笑。"亲爱的,我们放弃它吧。"她一边说,一边拍着我的手臂。我们都没有说船被陷在沙滩里,它的下半部分都淹没在水里,或者说我们根本不知道自己在哪里。我们需要坚持一些东西,即便这是一种错觉。

"我们会解决问题的,"米莉一边回到船里一边说,"现在我先喝一杯伯爵茶,然后我们就开始清理,怎么样?"

我们设法把一切恢复原样,将一切没被打碎的东西恢复原样。

让我最难过的事发生了,我看到了几周以前爸爸送给妈妈的一个玻璃杯。在玻璃杯上他在他们名字的首字母旁边画了两颗心。杯子从中间裂成两半,他们的名字的首字母被割裂在船两端两个单独的玻璃碎片上。这不重要,我一次又一次地告诉自己,它代表不了任何东西,我并不迷信。

但我无法说服自己。我能做的就是把无尽的眼泪憋回眼眶,不让它落下。

如果我没有注意米莉看到破碎的玻璃时候拼命屏住呼吸、不停地摇头的话,我现在也不会感觉这么糟糕。可是她一看到我,又朝我笑着说:"亲爱的,这只是一个玻璃杯。我们回去之后就给你妈妈买一个新的。"

她摸了摸我的头发,然后用刷子和锅把我打发到大厅。

我们整理完的时候,外面已经一片漆黑了。我下楼去看肖娜,米莉让我们喝茶。她发现如果我们能够严格控制,船上的食物足够我们生存一周。"并不是说我们会在这里待这么久,"她干脆地说,"只是我们需要了解情况。"

我和肖娜讨论到底发生了什么事,我们一遍又一遍地重复,想要弄明白整件事情。

第六章

"所以他试图从你那里得到戒指,但他甚至都不能碰它吗?"她第五次问,"但尼普顿可以做任何事啊!如果他想得到它,为什么他不能把它弄下来呢?"

"我不知道,"我回答道,我们的谈话每次都会绕到这个话题上,"他好像说什么,自己的规则会阻止他。"

然后我停了下来。我没有提到咒语的事情,我也不知道怎样叙述咒语。如果我打算不再成为一条人鱼,这将意味着我会失去肖娜和其他的一切,这也将意味着我再也不能和她一起在海里游泳了。我可能会吃一种失去记忆的药丸,甚至永远地忘记她!忘记我最好的朋友,忘记我曾经拥有的最好的朋友。

而且还有别的东西。那些东西可怕到我甚至都不敢让自己思考这个事情,但是不管你想不想,事实就摆在那里。那就是我的父母,我能再去看望他们吗?如果我失去了我一半的身份,这是不是也意味着我将失去他们其中一个?这个想法一直刺痛我的胃,让我十分不舒服。

"肖娜,还有一件事,"我紧张地说,"一件非常糟糕的事情。"

然后我告诉她咒语的事情,它将如何在几天内生效,我不知道它将会如何发展,但无论它是什么样的,我都会坚持。我没有告诉她咒语已经开始了,在甲板的时候,我的脚没有完全恢复。我也没有告诉她,即使是现在,作为一条人鱼,在海里游泳的时候,我也能感觉一些不同的东西。随时随地,就像有什么东西缺失，我的尾巴上出现了一些肉。她不需要看到这些，然而，这些都证明咒语已经开始了。

我讲述完的时候，肖娜激动地叫道："这太可怕了！我们要做什么？"

"我以为你们会帮助我脱离困境。"

肖娜伸出手，抓住了我的手。"我会的，爱美丽，"她承诺道："我们会阻止这一切发生，好吗？当然，就像鲨鱼有牙齿，我不会失去你。你也不会失去你的父母一样。"

想努力避开她的这些话，这些话却像鞭子一样抽在我身上。我感到很受伤。

"我们会解决这个问题的，好吗？我和你，我们可以做任何事情。"肖娜绝望地看着我，她的眼睛仿佛在哀求我相信她。

我看着她，轻轻地握了握她的手。"我们当然会解决它的，"我说。我撒了和她一样的谎话，就如同米莉虚伪的微笑。"我们一定会的。"

我和米莉站在甲板的前面，肖娜在小船旁边的水里。我摸了摸我的肚子，试图忽视我的晚餐只有三分之一碗的豆子和一块面包的事实。温暖的感觉从我的戒指蔓延到我的身体里。一切都会好的，我能感觉到戒指传递给我的这种感觉。

"那是犁，那是猎户座的腰带，"米莉指着紧紧聚集在一起的星星向我说。我伸长脖子沿着她指的轮廓望去，我不知道她是如何分辨出它们之间的区别的,我凝视的时间越长,它就越像漆黑的天空中布满了无数的小白点。

"那是什么呢?"我指着远处一个黑影问。它越来越近,当它滑过天空的时候也在不断改变着形状。是另一个飓风吗?千万不要!

一团黑影划过天际,它看起来就像一条巨大的蛇,聚成弧形,然后伸展成一条长线,切断了星群。它朝着城堡滑去。这团黑影消失在雾中,又在城堡正上方呈旋涡状出现,一圈一圈地在城堡上旋转,越来越紧,越来越快,直到消失得无影无踪。

我们盯着黑夜,那团阴影没有再回来。

"我毫无头绪,"米莉最终说,"你们知道,我并不迷信,但我敢打赌,这很令人惊讶。让我好好想想。"

"但是天上的星星呢?"肖娜说,"天上有星座可以帮助我们了解我们在哪里,我确信是这样。我只是不记得它们分别是什么了,或者它们是什么样子的。"

这很有帮助。

"我懂了!"米莉说,她的眼睛雪亮。"我有一个好主意。"她在船舱内折返并示意我跟她走。

这是愚蠢、可笑而紧张的时刻,我以为她会想出办法来让我们摆脱困境。我看到了希望,直到她说:"我要做塔罗牌测试。"

我跟着米莉进了厨房,她说:"你在船舱里清理出一个地方,我去拿牌。"

肖娜游到活板门附近,我将两把椅子拉到了一边。她把头伸进活板门,我坐在活板门附近的地板上。然后米莉拿着牌走了进来,我们专心地看着她慢吞吞地在一个六芒星上铺开牌,然后慢慢地把它们一个接一个地翻转过来。她不说话,也没有解释任何事情。当它们都被翻转过来时,她静坐着看了很久,慢慢地点了点头。

"它们意味着什么?"肖娜问。

"它们有说明任何关于我爸爸妈妈的事情吗?"我也问。

"或者是我的父母",肖娜平静地说。这是我第一次如此真实地想到她的父母。她也被迫远离他们,他们不会知道她发生了什么事。自从她那天早上上学,他们再也没见过她。我是如此自私,仅仅想到我自己的问题,却没有想到肖娜。

会有人告诉他们如何回到原来的岛屿吗?假设爸爸和妈妈回家的话,又会发生什么呢?他们会发现幸运号不见了吗?他们会寻找我们吗?他们知道去哪里找吗?他们肯定会发现的,不是吗?但是如果他们没有发现呢?假设他们没有回家,假设他们分手了,全然忘记了我,那该怎么办?

不!我不能让我自己这样想。我不能!当然,他们会找我的。他们会和肖娜的父母一起建立一个搜索队。

"他们会找到我们,他们会找到我们,他们会找到我们。"

我重复着这句话,就像在念一个咒语。"请让我相信,"我补充道。

塔罗牌没有告诉我们任何有用的信息,只是告诉我们有一个长途旅行,而且结果是不确定的。一个高瘦的、有着乌黑头发的陌生人将会指引我们,我们始终找不到真相。一切的结局都会是好的。我不知道为什么我会相信米莉的塔罗牌预言,就好像相信时间会消磨你的雀斑一样。

"我们去睡觉吧,"她一边说,一边把塔罗牌收了起来。塔罗牌明显对我们没有起任何作用,或者说它并没有帮助我们找到任何想要知道的答案。"早上的事情会变好,现在我们要睡几个小时,也许喝上一两杯格雷伯爵茶会更好。"

我苦涩地笑了笑。诚然,这是一个有点歇斯底里的笑。事实是,我们真的很难看到事情会更好,但是她说的关于睡眠的事情很正确,我的确累坏了。

"肖娜,你去杰克的房间睡,"米莉说,"你在下面睡,没问题的,对吧?"

肖娜咬着嘴唇,点了点头。

"如果你喜欢的话,我可以和你一起睡。"我轻声说。

"不,谢谢你,我很好。"

"我会睡在你的上面。如果你需要我的话,就敲我的门。"

肖娜笑了笑,虽然她的眼睛依旧湿润,看起来有些伤心。

"明天一早，事情都会变得更好。"我说着，重复着米莉的谎言。大声说出这件事情有助于我平复心情。如果我们经常这样做，也许它们真的会成真。

"你们两个，晚安。"米莉说，"我要去睡一会儿了。虽然只有上帝知道这次我没有药片将如何睡觉。"

我们每个人都退到自己的房间，带着我们自己的想法和自己的恐惧。

当我躺在床上的时候，月亮升起来了。我透过舷窗看着月亮。月亮圆圆的，有点像泄气的皮球，它照亮我，就像一个人一直地照护着我。只有我和月亮，彼此凝视。

黑色的天空，无边无际，慢慢布满了云，有些巨大静止的云就像雪山，另一些灰色的纷乱的云就像平坦的道路。轻薄薄的云层在前面慢慢地航行，月亮静静地待在那里，像一个孩子徒手画的圆环，不是很完美，但是离完美不远了。

"请告诉我这是一个梦。"我低声说，然后又把我手指上的戒指转了转，我对着它说话，就好像它能听到我的想法，然后把它们变成现实一样。它是朋友还是敌人？是什么掌控着尼普顿，或者是掌控着我？我无法分辨。我所知道的是它和我们一起被卷入这个噩梦之中，我有一种奇妙的感觉，它可能会帮助我们找到出路。

请让我早上的时候回到中心岛，我祷告着。当我醒来的时候，请让我听到妈妈和爸爸在厨房里争吵的声音。

当我再次看窗外的时候，所有的云层都变换了位置，星星也不见了，只有月亮依旧明亮而耀眼。"看到了吗？"它似乎在对我偷偷地笑，说："我赢了。"

当我醒来的时候，有一瞬间，我感觉一切都正常了，妈妈一会儿就会叫我起床，我必须强迫自己从床上爬起来。她还没有打电话，可能还在睡觉，我在温暖的床上伸展着身体，即将回到我的睡梦中——突然我想起来一切。

我坐得笔直，然后跳下床，跑到舷窗前，请让我们回去吧。

无论我看向哪里，我的眼里全部是无边无际的淡紫色的海洋与淡蓝色的天空。白色的雾气在中间环绕，将它们分成两个世界。

"爱美丽，你醒了吗？"肖娜的声音从下面传来。

我跑到活板门附近，没有和她在一起。当我的腿碰到海水的时候，我觉得它们正在转变。"这次请正常转变"，我默默地对自己说，我屏住呼吸，感受到我的尾巴正在变。我闭上眼睛，集中精力，我希望它能完成转变，但它没有。事实上，它变得更糟了。尾巴大块地消失，闪闪发光的尾巴看起来很呆板，更加僵硬。

我隐藏了我的感情，希望肖娜不会注意到。我仍然不愿意承认，有一半的时间，我不是人鱼。而现在我甚至不是一条完整的人鱼。

"看。"肖娜把我拉到大门旁边。我们游出来,在船下的巨大的沙丘附近徘徊,然后到达我们船另一侧的表面。我们正前方,徘徊着的雾仿佛漂浮着,城堡耸立着,在阳光下闪闪发光。"我认为我们应该去看看。"肖娜说,她重复着我昨天的想法。

"在船上吗?如何看?你是在看帆?"

肖娜摇着头。"不,我的意思是咱们可以游过去,它看起来并不远。"

现在时间还太早,我可以通过天空中太阳距离海平面非常低来判断时间。事实上,我看了看,还可以看到月亮高悬,就像派对上的最后一个客人,虽然很疲惫但不愿离开。米莉仍然在床上,她总是起得很晚。我们可以到达那里,只要我这么想。我的手越来越热,戒指——这是它在告诉我一些事情,我确信是这样!

它告诉我们要去那里。

"来吧,"我说,自从我们来到这儿我就有这个感觉,"咱们就这么做吧。"

第七章

"我们游了多久?"我气喘吁吁地赶上肖娜后问道。她一定比平时游得更快!我几乎不能在她的旁边和她一起游泳。

"我不确定。也许是二十分钟,不超过半个小时。"

我停了下来,挥动尾巴,快速地拍水。"看,"我指着城堡说,它似乎在回头看我,希望我接近它,要把我拉近。但是有一个问题,一个大问题。

肖娜看看那边的城堡,说道:"什么?"

"它并没有离得更近啊。它看起来和在船上看到的一样遥远。"

"不要说蠢话了,"肖娜笑着说,"这只是——"然后她回头看了一眼,看到我们出发的船。幸运号已经是一个遥远的点了。她转身看向城堡。"但这——这是不可能的。"

"它就像一道彩虹，"我说，"你越接近它，它似乎越远。"

"但怎么办呢？"肖娜的声音变得有点担心。她的眼睛湿润，她的下嘴唇开始颤抖，我几乎以为她会哭喊，"我想要我的妈妈！"她为什么就不能这样呢？这当然是我想做的事情。我感觉自己像一个泄了气的气球。

"来吧，"我直截了当地说，"让我们回到船上。米莉也许会有一些想法。你知道的，她认为只要在早晨她有一杯茶，她的逻辑就会变得很清晰。"

肖娜说："或是十杯。"她带着一丝微笑。

我笑了，然后说，"我们会解决问题的，别担心。"

当我们游回去的时候，我没有告诉她我的尾巴变得多么僵硬，觉得我身后像拖着一块重重的铅。我假装慢慢地接受这个观点：我们穿过大海，平静而顺利，薄雾仍覆盖在城堡的上面。

最后，我们穿过舷窗，回到了船上。我们几乎刚上船，米莉的声音就传了下来。"爱美丽？肖娜？是你们吗？"她喊道，她的声音暴露了她的恐慌。

"嗨！我们在这里！"我回答道。

"噢，谢天谢地，"米莉做了个深呼吸。当她弯腰俯视我们的时候，她的脸出现在活板门附近。"你们去哪儿了？"

"我们只是出去游泳。"我说。

"爱美丽，"米莉的语气变得严肃，她的声音很低，她严厉地说："你再也不能不告诉我就出去，我要对你负责。如果你身上发生了任何事情，我永远也不会原谅自己。你听到我的话了吗？"

"对不起，"我回答道，"我们只是——"

"现在没关系了。"米莉打断了我。就在这时，我听到咳嗽声从她身后传来。

"那是谁？"我脱口而出，我的心揪了起来。米莉一直是在跟我开玩笑吧！爸爸和妈妈在这里！他们在等待合适的时间出现，对着我微笑，然后呢，告诉我这一切只是一个笑话，一个错误或别的。

"有人来看你，"米莉说道。她的声音像死鳗鱼一样毫无生气。然后就像一把最锋利的刀削掉了我的希望，她的旁边出现了一张脸。

比斯顿先生。

"你好，女孩们！"他说，斜着眼睛看着我和肖娜。

"你在这儿干什么？"我紧张地问他，"你是怎么找到我们的？我的父母在哪里？"

"现在呢？"比斯顿先生带着虚伪的笑容回答道。他怎么能微笑呢？他理解现在是怎么回事吗？或者是我把他误解为关心我们的人了？"第一件事，你要使自己冷静下来，然后来前甲板上见我。"他对肖娜点了点头。"而你，孩子，"他说，"你只需要听我说。"他把旧尼龙套装的袖子拉起来，看了看他的手表，"咱们有十分钟时间。"然后他就消失了。

"我和你在一起,"米莉轻声说,"我不会离开你,直到我们弄清楚整件事情,对吧?"

我点了点头。我的喉咙因为太干而说不出话来。

比斯顿先生在前面的甲板上等着,他坐在长椅上,看着地平线。

"现在,"当我和米莉坐在长椅上,他开始对我们说。肖娜坐在甲板的边缘上,她的尾巴闪烁着微弱的光。我要多久也能做到那样呢?我看了看我的手。我手指上的皮肤与戒指连在一起,手上的戒指更加紧紧地卡在手指上。我的身体发生了什么?这正如尼普顿所说的,直到咒语结束,我都不会是一个完整的人或者是完整的人鱼。那对我意味着什么呢?还是什么也没有?

我不能忍受看到这些变化,所以把我的手塞到我的牛仔裤口袋里,等待比斯顿先生解释到底发生了什么。

他清了清嗓子。"现在,"他又说道,"你可能想知道为什么我在这里。"

我咬了咬嘴唇。打断比斯顿先生的话从来就不是一个好主意。半个小时后,比斯顿再次开始讲述整件事情。他脸上没有一丝讽刺的表情,或者是讽刺我的意味。于是我紧闭双唇,数到十。

"正如你所知道的,我被尼普顿委托了一项最重要的工作。

你也知道，在完成这项工作的时候，我受到了一些干扰，我呢，也在尽力纠正。事实上，就在我说话的时候，中心岛上的一些人正在收集几件丢失的宝物。这项工作做得非常成功，在很大程度上要归功于你那足智多谋的老师。这些事情让尼普顿很高兴。然而，正如我们都知道的……"说到这里的时候，他突然带着一个扭曲的笑容，看了看我们三个人，努力地把我们三个人都包括进来。他是唯一一个知道发生了什么事的人，我们能做什么呢？

我再一次让自己不说任何话。这次我数到二十。

"我们都知道，"他重复地说，"这种情况已经发生一些变化。自从这些事情陆续发生后，尼普顿的想法已经改变了，所以我们处于这种情况。"他把放在膝盖上的手叠放在一起。

"这是什么情况？"米莉问道，"我一点都不明白你在说什么，现在你是打算解释宇宙中发生了什么还是我将要做什么？"

"冷静下来，冷静下来。"比斯顿先生挥舞着手臂，"我就要说明这些。"

然后他的眼睛盯着戒指。"我们在爱美丽这里发现了一些我们从来没有意识到的问题，尼普顿想要回他的东西，也许我告诉你这些事情，你就会明白为什么了。也许我们可以一起解决问题，这样所有的事情都会变好。"

"一切都会好起来吗？"我快气炸了，这次我无法控制自己，数数已经无法遏制我的愤怒了。所有一切都会变好吗？我们迷失在海洋中,除了海雾以及一个似乎不存在的幽灵城堡之外,我们一无所有。肖娜的父母从昨天早上开始就不能看到她了。我的父母也吵架了,也许他们再也不想见到对方或者是我了。

"你知道的,这都不是真的。"米莉打断了我。

我不去理会她。"最重要的是,尼普顿做了这个!"我把我的手从口袋里拿出来,举到我的前面。我的皮肤将我的手指都连接了起来。它们至少有三分之一黏合在了一起,戒指紧紧地贴着我的手指,几乎使我的手指受伤了。

"爱美丽!"肖娜喘息着,凑上前来仔细观察着我的手指。"那是什么?"她看起来有点恶心。我知道她会这样。"我不想告诉你,"我回答道,"我不知道如果你知道这件事情的话,你是不是还想要做我的朋友。"

"知道什么?"

"这个咒语。它已经开始了,"我说,我已经不是一条完整的人鱼了,或是一个完整的女孩。我什么都不是。"

泪水开始从我的脸颊滚落,咸咸的泪滴落入我的嘴里。米莉还在盯着戒指。"我的上帝,这是什么意思?"她的呼吸加速,继续问道,"你是在哪里得到这个戒指的?"

比斯顿先生拉了拉他的领带。"米莉,如果你允许我解释的话,我可以告诉你。"

米莉对他挥了挥手。"继续吧。我猜,无论你将要说什么,都不会让事情变得更糟糕了,就请你继续说你原来打算说的内容吧。说完你会离开,让我们继续做一些事情。"

"我确实要说一些我应该说的事情,"他说道,他讨厌的声音里透露出他比我重要。"如果你愿意让我说话。"

比斯顿先生再一次拉了拉他的领带,抚平了他的头发,最后说:"你必须要了解你所拥有的东西重要性,爱美丽。"

"我拥有什么?"我问,就像我不知道所有事情一样。

比斯顿先生拉着我的手。"那儿,"他简单地说着,"你看,这枚戒指已经在海怪的视线之外隐藏和保护了很多年,甚至是几代了。"

"如果它一直被掩埋着的话,它为什么这么重要呢?"肖娜问道,"如果它这么重要的话,为什么要埋起来呢?"

"并不是被埋起来的,它是被丢弃的。"

"丢弃?"米莉惊慌失措,"是谁丢弃的?"

"尼普顿。"

这一刻,我们都陷入了沉默。然后一个更平静的声音传了过来,米莉说:"比斯顿,如果你可以停止说这些谜语,并且解释这是怎么回事,我们都会感激你的。"

"我会告诉你一切!"比斯顿先生气势汹汹地说。然后他停顿了很久,他双手交叉在一起看着静静的海洋。我们也一样沉默。他开始向我们讲述一切:"许多许多年前,尼普顿还在恋爱中,正如你所知道的,他很容易爱上别人,有很多妻子,但没有人像这个妻子,没有一个人像奥罗拉。"

"奥罗拉!"肖娜打断了他,"我听说过她,她是人类。她伤了他的心。她使尼普顿反对异族通婚。我们去年在历史中还学过!"

比斯顿先生点了点头,说:"没错。"

我不禁屏息凝气,等待着他继续说下去。

"奥罗拉是尼普顿全心全意爱着的唯一的妻子。当他们结婚时,他们的戒指象征着他们的爱。一枚钻石戒指,代表土地;另一枚珍珠戒指,代表大海。他们结婚的时候,交换了戒指。奥罗拉把钻石戒指给了尼普顿,尼普顿给了她珍珠戒指。"

就在他说话的时候,我摸了摸戒指。我戴着的戒指是尼普顿结婚那一天的戒指吗?一个离开了他且伤透了他的心的妻子赠予他的吗?难怪他会这样愤怒!但我怎么会知道呢?这不是我的错!

"不,这不是你的错!"一个声音似乎在回响,然而没有声音,这只是一种感觉。这是一种舒适和安心的感觉,这种感觉来自戒指。我转了转戒指,将钻石对着我的手掌,蜷缩起手指,握住戒指。在我这么做的时候,我感觉内心平静。

"那天她伤透了他的心,尼普顿拿走了她给的戒指,埋葬了。"

"埋在了哪里?"我问道。

"我不能告诉你,"比斯顿先生说着,"这不是你需要知道的信息。"

他说话如此傲慢,我知道不能再追问下去。这只会让他再次拒绝我,让我感觉更糟糕,而且会让他更加狂妄。

但我不禁想知道另一件事情,另一个类似于我手上戒指的东西,也埋在了大海的某个地方。比斯顿并不想我询问过多,这本身也意味着它可能很重要!

"那他把钻石戒指怎么样了?"米莉问道。

"在暴怒之下,尼普顿将它扔进了海洋。这是自那天以来,这枚戒指第一次出现在人们的视线之中。没有人知道是什么时候,海怪找到了这枚戒指。我们只知道,它和其他的珠宝都在岛附近被安全地隐藏了起来。"

"当海怪醒来后,戒指与其他珠宝也都受到了影响,是吗?"肖娜问。

"没错。"

"现在他想要取回戒指。"我吞了吞口水,"但它不能从我的手上摘去。"

"为什么不能呢?"米莉问道。

比斯顿先生低头看了看,整理了一下他的夹克,然后假装拍了拍灰尘。他的西装像往常一样空荡荡的,一边有一个扣子丢失了,另一边也有一个洞。"戒指只能被一些特定的人群佩戴,要么是一对夫妇,一方来自土地,另一方来自大海,或者是这样夫妇的孩子。这是尼普顿和奥罗拉的结婚誓言,而且这个戒指也被注入了这种力量。如果戒指被混血佩戴,就不能被摘下来。"

"可怕!"肖娜急促地呼吸着。

"他当初是怎么把戒指摘下来的呢?"米莉问。

比斯顿先生叹息着。"他们之间的爱消亡了,联系中断了。"

"这也是他向我施魔法的原因,"我平静地说,"所以他可以摘下戒指。"

"对的。当月圆的时候,魔咒就应验了。你将不再是半人鱼了。你将无法佩戴戒指,而且戒指也不可以触碰你。当你从火海之中跳出的时候,魔咒就会在你身上生效。"

"然后尼普顿就会把它拿走。"肖娜说。

"他想要把它再藏起来,连同他的记忆和他尘封的悲伤一起藏起来,他不能这样生活。如果尼普顿不存在了,那么我们都将不复存在。你自己能感受到他当前的状态,这样只会让事情变得越来越糟。这就是我们都期待的。如果戒指不被再一次埋起来,那样两个世界只会变得更差。"他转向我,"这是你想要的吗,爱美丽?为国王做出这样的牺牲,不是一份荣誉吗?"

我无言以对。

"所以你为什么在这里?"米莉冷冷地问,"是他让你做这肮脏的工作吗?"

"肮脏的工作吗?"比斯顿先生反击道,"肮脏的工作吗?我认为对国王负责,可以被称为最高的荣誉,感谢国王慷慨地提供了机会让我弥补之前的失误。"他在座位上直了直自己的身子。

"就像我说的，为他做肮脏的工作。"米莉压住她的呼吸说道。

"我必须对这枚戒指负责，我将确保它会回到尼普顿那里。毫无疑问，这是我将会做的事情。"比斯顿先生回应道。

"你是怎么找到我们的？"我麻木地问，"我们国王的方法是不计其数的。他把我送到这里来。这就是我需要知道的。你我都无权对他的方法提出质疑。"

"这意味着他并不知道。"米莉说。我笑了，不管发生什么事。

"我很快就走了。"比斯顿先生说道，当他环顾无尽的海洋时故意忽略了米莉，就像正在等待他离开的信号一样。海洋以同样的方式回应——沉默而平静。然后他转向我，说："但爱美丽，我不会走得太远。我很快就会回来。"

"你怎么回去？你不能让我们与你一起走吗？"我问，虽然我知道这是毫无意义的一句话。

"我很抱歉。我必须要这样做，我必须遵从国王的命令，你现在必须在这儿待着。"

"我们离原来的岛有多远？"我问，这和我真正想问的问题很接近。

"几百英里。"

我点了点头，我的心情又有很大的起伏。最后我问道："妈妈和爸爸呢？他们在哪儿？他们知道发生了什么事吗？他们会来找我们吗？他们会找到我们吗？"一系列的问题从我的嘴里冒出。我的心扑通扑通地跳，我的耳朵里面雷声轰隆，我等待着他的回答。

比斯顿先生挺起胸膛。"你的父母不知道你的下落，"他说。他那种"我很重要"的语调又响了起来。"他们在哪儿？"我问着。他又激起了我的愤怒。

"你的妈妈依旧住在旧船里面。"

"在'国王号'里面？"米莉问道。

他点了点头。

"她知道发生了什么事吗？"我问。

"她仅仅知道你正在协助尼普顿处理一个严重的问题。"

"她找过我吗？"我的喉咙像被刀子扎一样。

比斯顿先生低下头。"是的，她找过你。"我们告诉她你没有在岛上。另一个岛民会照顾她，我会照顾你的母亲和肖娜的父母。"

"我爸爸呢？"我问，"他住在哪儿？"

比斯顿先生严肃地看着我，这一次他看得我有点不舒服。他从我的脸上看到了什么吗？他说出的每句话都像一把大锤子一样，撞击着我的世界。"我担心他们已经分开了，"他咕哝着，"他现在住在阿奇瓦尔家里。"

阿奇是尼普顿的另一个助手，我爸爸的朋友。至少他们两个人是互相关心的,这和比斯顿先生仅仅是国王的下属,是不一样的。我告诉自己,我拼命抓住比斯顿先生,想让他给我任何可能的安慰。

"他们为什么分开了?"我问道。

"尼普顿已经决定要启用旧规则了。"

"旧规则是什么?"肖娜问。

"他又禁止通婚了。这一次是永远禁止。他说通婚已经引起了很多麻烦。"比斯顿先生看着我的眼睛说道。"你的父母不会再在一起了,"他冷冷地说。

这是我的世界末日,这些简单的词句代表着游戏结束。我的内心又冷又怕。在那一刻,我觉得我被撕裂成了一千块。

在几天之后,我将不再是人鱼,或者我是一条人鱼,但是永远不能生活在陆地上,我的父母永远不会再见到彼此。我感觉到彻底的恐惧,我意识到这是什么意思:我不能有父亲又有母亲,我不得不和其中的一个永远再见。

"不!"我恳求道。我拉着比斯顿先生的手臂。"请不要这样!"我突然泪如雨下。"求求你,"我乞求道,"你必须让尼普顿改变他的想法。求求你做点什么吧。"

"没有什么能改变他的想法,"比斯顿先生说,他的声音冷静而沉稳,"尼普顿的话就是规则。你的父母最后一次在一起就是尼普顿带他们来看你的时候。在月圆之下,咒语生效的时候,你将会和你的爸爸或妈妈说再见,然后你会回家。"

"不！"我在他的面前跪下来。我讨厌自己乞求比斯顿先生的样子，但是这样的事情不能发生，它不能发生，它不能！

　　比斯顿先生甩掉我，然后跳到船的另一侧，消失在深海之中。我知道了现实，它还是会发生，它真的会发生，然而我对此却束手无策。

第八章

"好了,"米莉一边说,一边吹着茶。"我不会让你离开我的视线。既然尼普顿可以将比斯顿先生送到这儿,如果你突然消失了,谁知道会发生什么呢?"她抬起头,看向无尽的海洋。"你会被绑架,然后被永远带走。"她战栗着说。然后,她伸手拍了拍我的膝盖。"守护你是我的职责,亲爱的,"她轻轻地说,"我要照顾你。"

她言行一致,自从那之后,她就再也没有让我们独自离开过。这意味着我和肖娜没有机会游到城堡那里去,甚至没有机会谈论它。

日子伴随着一杯格雷伯爵茶、豆子土司和一些桥牌游戏渐渐消逝。我每天就如同穿过迷雾一般。而在某种程度上,我确实是这样。我们周围的雾似乎完全笼罩了我的想法,或者更确切地说，我知道我的世界正在一点点地坍塌这个事实。比斯顿先生留给我的悲伤像有几千斤重的东西压着我。

晚上更可怕。我的梦里全是我的父母，还有城堡。有一次我梦到自己特别靠近它，我的爸爸和妈妈在城堡那里等我，但它又变得越来越远。每一次，它变得更遥远。但它一直都在呼唤我，希望我找到一个方法靠近它，有一个声音在督促着我。然后我手上的戒指变成了一把刀，切断了大海，让我能走过去，但我却没有脚，我的尾巴在沙滩上绝望地拍打着，直到我的戒指发出的光束照射着我，并带我走近城堡，我几乎就要到达了——只差几厘米，然后我醒了过来。

我气喘吁吁，汗流浃背地起身，通过舷窗望向外面。城堡耸立在我面前，就像在我的梦里一样，薄雾就像裙子一样。它的窗户是黑色的，紧紧闭着，就如同睡着的双眼。但是当我盯着的时候，它们似乎在闪闪发光，照亮我，仅仅是我。一闪一闪地，它们好像是在拼写一些令人毫无头绪的代码。我肯定了一件事，我必须要到达城堡。

现在很早，其他人都应该还没有起床，甚至连太阳都没有升起。天空呈现出深深的紫色，我爬到甲板上，望着周围。在远处，城堡几乎是隐藏在浓雾之中的，只有炮塔清晰可见，高耸着，阴森可怕。

当我在四处张望的时候，胸部突然有种灼烧般的疼痛感。

我看了看我手指上的戒指，钻石光滑又明亮。"这是什么？"我默默地问，"你想要什么？"

戒指没有回答我。好吧，它仅仅是一个戒指，但我合上手指，呼吸着咸咸的空气的时候，我知道我必须再试一次。我的梦已经告诉我城堡里有一些东西在等着我，我知道的。这样的想法太强烈了，不容忽视。我必须要到那里，我不得不出发。如果我继续等待的话，米莉就会醒来，我再也没有办法离开了。把肖娜拽到我疯狂的想法中是不公平的。我已经给她带来太多的麻烦了。不，让她睡一会儿吧。

我尽可能轻地潜入水中。我的腿在慢慢颤抖、僵化，最后黏在一起变成尾巴，附近海波轻轻荡漾。我身上的斑点再次消失了，腿上白色的碎片从鳞片里伸出来。当我游动的时候，我的尾巴变得越来越僵，它不能正常弯曲，变得更糟了。

不要紧，我一定要去那里。这个决心激励着我向前游，我把头潜入水中，向前游去。

但就像上次一样，就像我的梦一样，我游得越远，城堡似乎离我越远。

我奋力拍打着水，抖动着我的尾巴，努力向前伸展着我的手臂，尽全力推动自己。但毫无作用，我无路可走。

我的下面，大海漆黑一片，看起来很不友好。锯齿状的岩石堆积在一起，显然它们被抛弃很久了。小小的沙质海床在它们之间点缀着。当我游过小黑鱼时,它们立刻散开。一条黄色的圆形鱼像潜艇一样慢慢地滑过黑色鱼群。

我浮到水面,喘了口气。我似乎不能和往常一样在水下待很久,那一定是因为咒语。咒语的尽头到底是什么?

我简直无法想象,我不能想任何事物。我一定要到达城堡,但是它跟原来一样遥远。

我在水中挥动着尾巴,看了看戒指。"我到底该怎么做?"我大声喊道。而这一次,它回答了我。不是用言语,而是用一种感觉,就像之前一样。这种感觉,渗透进我的身体,填充了我的全部。这是一种信任的感觉,我必须相信戒指。就如同我梦里出现的那样,如果我退让,让它指引我,我就能到达城堡。

我这样做了。我不再尝试。我停止游泳,停止推动自己,以便能更快、更早地到达城堡。我听从了戒指。这感觉就像我正在调一个收音机,找到合适的频道,把它调得足够清晰,以便能听到正确的声音。

我把手伸在前面,让戒指引导我。水流立刻变得非常轻柔,一股温和的电流触击了我的全身。我的尾巴轻轻地摆动着,我向前游去——朝着城堡游去。

最后,我真的离城堡越来越近了,电流变得越来越微弱,水似乎变得浓稠、寒冷、阴暗得多。

在我的下面,一群银鱼如同旋涡一般游着,就像一束光,在漆黑一片的海里闪耀着。在它们醒来之后,一群蝠鲼一边滑行，一边慢慢扇动着它们的长斗篷。我一直躲避着它们，从一块石头后面悄然经过。

在我的前面，大海看起来更黑了。当我走近时，我可以看到一个大大的黑洞，是一个隧道，尖锐的岩石形成了一个环，围绕着入口。

五六只奇怪的鱼似乎在通过隧道的入口慢慢地游动着。我知道它们都是什么。我几乎从来没有在现实生活中看到过它们，但在学习水上运动和动物课的时候，老师讲过。它们是隆头鹦哥鱼，它们几乎是我的两倍大，看起来就像戴着愚蠢面具和护齿的魁梧的保镖。它们的身体是灰色的，头上有一些紫色的斑点，像莫希干人，或者战争画。这些鱼的下巴是你根本不想进去的地方。它们每一次通过隧道入口的时候，都会张开巨大的嘴咬一口岩石，将岩石溶解成软沙子。于是入口附近形成了一个小沙滩。

我的尾巴摇了摇。我确定，这条隧道通往城堡。

我等了很久，计算着每个隧道所花费的时间，然后找到了最佳的进入时间。又一条鹦嘴鱼通过了入口，然后没有了。它们把脸转向不同的方向，向相反的方向游去，过了一会儿，可能会有一条游回来。要么现在游过去，要么就永远不去。而永远不去不会是我的选择。

所以我冲进了隧道。

天气太冷了，而且这么黑暗，我感到如此孤独。我随后通过了一些东西。薄薄的黑色鱼，在隧道旁边游着，从后面超过了我。胖胖的银蓝色鱼以失败告终，和我正好碰上。小小的海藻挂在墙上，随着水流舞动，当它们扫过我的时候，我大吃一惊。

我继续向前游着。

隧道弯弯曲曲，就像一条扭动的蛇。一个角落，又一个角落，我一次又一次地对自己说："它过一会儿一定会结束。"

然后它真的结束了。

隧道向上延伸，出现亮光，而且很温暖。我出现了，气喘吁吁，落到一个圆池里面。我用了几秒钟喘了口气，然后环视了一下四周。我在什么地方？

我游到池子的边缘。墙上灰色的岩石被绿藻覆盖着，泡沫般的海藻像葡萄一样垂在水里。

我在水面上，池子被墙壁封闭起来了。灰暗、寒冷又潮湿，就像一个长期被遗忘的地窖用金属门锁在了角落里。

我做到了。我到达城堡了，在一个地窖里。我自己来的。

我正在做什么？

我哆嗦了一下，从水里出来，然后待在一旁思考。我看着我的尾巴一闪一闪地，轻轻拍打着水面。我的腿慢慢地出现了，既麻木又刺痛。这一次，我的脚没有消失。我低下头，它是蹼，但是长得更像我的手。

我没有时间想这些,或是想别的。现在仍然有一个问题:为什么我这么肯定城堡会给我一些启示呢?我试图用这个问题来驱散我脑子里其他不好的想法。这个城堡想从我这里获得什么,我必须回到船上弄明白这件事情,而且别人很快就会醒了。

在出口附近,我发现了一个把手。一个黄铜把手慢慢显现出来,摇摇欲坠,就像古老的地板一样。虽然它摇摇欲坠,但是我很轻松地开了门。

我蹑手蹑脚地来到旋转楼梯旁,抓住一个绳子扶手作为支持。沿着圆形楼梯快速地向上爬。我觉得我好像爬到了云端,在云上漂浮着。当我到达顶层的时候,我晕头转向,这里有另一扇门。这一次我屏住了呼吸,慢慢地、轻轻地扭开门把手。

我在一条走廊上,这条走廊又宽又长,墙壁上贴满了图片。战争场面、沉船、海上风暴……你总是能在城堡中看到这样的图片。

我几乎开始嘲笑自己了。这样的城堡?为什么我甚至有一瞬间认为这是我曾经去过的地方呢?

我的意思是,是的,从里面看,有点像你的祖父母可能在周末下午会拜访的地方。但是也有一些不一样的东西,除了它是漂浮在雾中间的海洋上这个事实之外,感觉它是不真实的,就像一个电影设置或一个卡通片一样。我不能摸它,虽然这是确定是否真实的一个办法。当我沿着走廊走的时候,我感到自己有点像电影中计算机合成的动画演员,很不真实。

我一直盯着照片,以便确定当我看向别处的时候是否有东西发生改变,是否船已经移动了或者风暴正在肆虐。但是当然,它们没有。这是我想象的,肯定是我想象的。

我蹑手蹑脚地穿过走廊。在我的前面,另一扇门打开了,我走了进去。

这是一个小盒子形状的房间,从地板到天花板都堆满了书,这些书落满了灰尘,被摆放在青铜和黄金制成的书架上。书名的单词我几乎都看不懂,大多数是外国语言,只有几本是英语的。所有的书看起来都有几百年的历史了,并不是睡前轻松读物之类的书。

然后我注意到窗户附近。一个大的长方形覆盖了房间一边的一半,它是一条板凳,可以用来休息。我坐在板凳上向外面望去。大海一望无际,所有的景色就像从幸运号那里看到一样。但在下面,海浪轻拍岩石,岩石逐渐浮出水面。仿佛城堡就像整个世界的一个高台,是一个独立的存在,漂浮在它里面就像在梦里一样。这是哪里呢?

另一扇门把我带出了图书馆,来到了一个较小的房间。房间的一面墙上布满了武器,另一边的墙上覆盖着丝绸横幅,上面画着来自世界各地的旗帜。我认出一些旗帜的形状和颜色,另一些则是完全陌生的,甚至有一个骷髅和交叉的骨头的图形标志。

我很快就出来了。房间通向另一个走廊。在墙上有更多的画，这一次都是肖像画。有身着海军制服的男人，有漂亮的女人，他们都在微笑，年轻人骄傲地站在军舰的甲板上，女孩坐在岩石上。我走近检查照片。等一等，是女孩，还是——

那是什么？

铃铛大声地发出叮叮当当的声音，走廊发出回声。

我偷偷瞥了一眼。是我吗？是我绊了一下警报吗？有人要出来抓我吗？不！请不要让我再一次被捕获了！我颤抖着回忆起一些可怕的事情，我曾叫醒一个水下的北海巨妖，被抓住关在一个水下的房间。在这里，我不能再被抓到！

我身后有一个休息室，它后面有一扇厚重的木门。我挤了进去，我的心几乎就要跳出来了。我把身体靠在门上，我屏住了呼吸，双眼紧闭，祷告着报警停止。

然后它真的应验了，响声停止了。死寂，长长的走廊一片死寂，没有任何物体移动。

我靠着门将身体放松了下来，长吸一口气，想着下一步该做什么。这种轻松并没有持续多久。过了一会儿，我听到了脚步声。它来自门的后面，越来越近！已经没有时间藏起来了。我的身体僵住了。

然后门开了。

第九章

一双翠绿并且充满震惊的眼睛看着我。

"你是谁?"男孩问,回头凝视着我。他身材高大,比我高很多,但是和我一样瘦。他可能和我是相同的年龄,也许更大一些,他穿着黑色喇叭裤和黑色T恤。他有着长长的乌黑的头发,从中间完全分开,他的眼睛是我见过的最绿的了,他继续认真地看着我。

短暂的沉默之后,我记起米莉对于高瘦黝黑的陌生人的预测。是他吗?她说过什么呢?我不记得了。我总是不仔细聆听米莉的预测。这一次,我真希望我原来好好听了。

"我——我——"我吞吞吐吐地说。

男孩在叫我进房间之前,很快地瞥了一眼走廊。"你最好进来。"他说。他的声音温柔极了,就像他的头发,但是又像他的脸一样严肃。

我跟着他进了房间，我强迫自己说话。"我是爱美丽。"我说。我不知道还能说什么。我尴尬地看向四周，三面墙上挂满了地图和卷轴，没有一个空白的地方，这些画肯定包含了世界上所有的国家和海洋；第四面墙上有一个长矩形窗口，从那里可以眺望大海。在窗户下面，一本厚厚的木制书柜摆放着一排排书，书柜都是棕色的，就像在图书馆看到的一样。这个房间让我感觉不真实，好像书籍和地图是舞台布景的一部分，在它们下面蕴含着久远的历史和神秘。

男孩注意到我的表情。"他们是我的祖先流传下来的，"他解释道。

"你的祖先？"

"海盗船长，各种旅客，"他说，"许多船只在半月城堡的岩石上失事了。"

我点了点头，就像我听懂了。

"看，坐下来。"他指着一把巨大的扶手椅说道。椅子上有着浓密的深色木制武器和绿色的天鹅绒座椅，它让我想起了我曾经和妈妈去拜访过的那些豪华古宅里的家具。妈妈，只要一想到她，我就浑身疼痛。她现在在什么地方？她试图找过我吗？我还会再见到她吗？每个问题就像一把刀一样插进我的胸口。

这个男孩继续盯着我坐下来。他走到对面一个一模一样的椅子旁，然后坐下。"我是亚伦。"他说。他伸出瘦小的胳膊跟我握手，但他几乎立即改变了想法，抽回了手。

我们陷入了沉默。我不知道该说什么。好吧，来吧。你想过多少次，如果你游到被浓雾环绕着的、漂浮在海洋的城堡里，然后和一个奇怪的男孩在房间里偶遇，你会做什么呢？

正好。

他是第一个打破沉默的人。"你是怎么到这里来的？"他问。

"嗯，我游过来的。"我迟疑地回答。

他的眼睛睁得更大了。"你游过来的？"

我点了点头："我通过了隧道。但是我在哪儿？这是一个什么样的地方？"

"半月城堡。这是我的家，"亚伦说，"其余的，我也不知道。"

"你一直住在这里吗？"

他点了点头。"一直，除了这里，没去过别的地方。我们每一代都是一样的，代代如此。"他抬头看着我，我看到了他浓密的黑色睫毛。"不，这个我不能告诉你。"

"不能告诉我什么？"

"我的家族历史，"他做了一个鬼脸回答，"这并不简单。你永远不会相信我。"

我笑了。"你认为你的家族史令人难以相信。等到你听到我的，你就不会这么想了！"

他没有微笑。"相信我,很复杂,没什么比它更复杂了。现在就我和妈妈两个人在这里。"

"就你们两个住在整座城堡吗?"

"还有一些——"他自己停了下来,咳嗽着掩盖他刚才说的话。

"一些什么?"我问道。

"仆人。"他回答得很快。

"你打算说的不是这个。你刚才想说的是什么?"我坚持着。

亚伦摇摇头,站了起来。"我认为我不可以告诉你,"他说,"我不确定。看,那你为什么不告诉我关于你的事情呢?你怎么会在这里呢?这应该是不可能的。"

"但就是这样,"我说,"我试了一次又一次。"我可以告诉他关于戒指的事情吗?它牢牢地戴在我手指上,钻石温暖着我的手掌。我几乎可以感觉到它几乎灼烧我的手掌了。它说了什么?告诉他,还是保守秘密?

我为什么要保密呢?我没什么可隐瞒的。"好吧,如果我告诉你,你得承诺你会相信我,好吗?"

"为什么不呢?你为什么要撒谎呢?"

"好吧,就是这个。它引导我到这里。"我伸出手,张开了手掌,然后说道,"现在,我知道你会认为我在编故事,或者会认为我疯了或者怎样,但是我能保证我告诉你的——"

"你是从哪得到那东西的?"亚伦伸出手,抓住我的手,把戒指朝向他，以便他能更仔细地观察。他的声音很大，我几乎没有听懂他说的话。他吞下口水，屏住了呼吸，他的脸色苍白。"你在哪里得到的？"他重复道。

"我——我发现了它。"我迟疑地说。

"你知道它是什么吗？"他问。

"嗯，我，是的，我想我知道吧。"他知道戒指是什么吗？他听说过尼普顿，还是听到了故事吗？

"我从没见过它，"他低声说，"从没见过真正的！"

他陷入了沉默，他嘴巴紧闭，眼睛紧闭，陷入了沉思。"好吧，"他说道，然后好像下定决心要去做一件事情。"我们有时间，跟我来。"

他示意我跟着他进了一扇门，他又朝走廊看了一眼，然后对我点了点头。"来吧，"他说，"我想给你看一些东西。"

亚伦带着我穿过了迷宫般的走廊，疾走到一扇厚厚的木门面前。我紧跟着他走。在我们下面，大海冲刷着岩石。我们在城堡前面跑着，然后通过一个小的拱形门进到屋子里。跟着亚伦进了屋子，我觉得我正在一步一步地靠近梦里的景象。这是真的吗？我的意思是，这感觉很真实。城堡的砖又厚又硬，下面的岩石是锯齿状的，让人感觉寒冷。但是，空气中的一些东西让我感觉我是浮动的，在现实的环境里漂浮着，就如同城堡漂浮在浓雾里一样。

我随手把门关上。

我们进入的地方看起来像一个小教堂，一个在偏远的城堡里的小教堂。几排座位的前面是一个略高的平台，彩色玻璃窗贴满了《圣经》中场景的照片。

我跟着亚伦走上了平台，就在后面有一个箱子，他打开了它。"看！"他一边说，一边指着里面。

我凝视着它，里面有一个玻璃内阁，放着两枚戒指。我仔细观察左边的戒指，将它和我的手指上的戒指相比较，它们是一样的。

"但这是——但它们——"

"仿造品"，他说。"我的曾祖父做的。根据一代又一代传下来的故事来做的。"

"什么故事？描述的是什么？"我问道，我的头有点眩晕，"你的意思是尼普顿和奥罗拉吗？"

"你知道？"他气喘吁吁地说，"你知道这个故事？"

"这是我所知道的一切了。"我说，"求求你，请告诉我。"

亚伦放下了内阁的架子。"当尼普顿和奥罗拉结婚的时候，他们对戒指都施了魔法。而魔法的持有人是相爱的人和人鱼。"

他瞥了我一眼，想弄清楚我是否明白他的意思，或者说是核对一下我们谈论的是不是同一件事情。也许是检查我会不会认为相信人鱼的话很荒谬。然而我不仅仅相信他们，我还是一条人鱼，但我不能这么说。现在还不能。如果这只是一个故事，像他这样的男孩肯定不会真的相信人鱼!

我向他点头示意他继续。

"只要戒指被来自土地和来自海洋的相爱的双方佩戴,两个世界之间就会永远和谐。"他继续说,"曾经确实是这样。婚姻持续了短暂的时间,陆地和海洋之间实现了真正的和平。在岩石上,没有船会触礁,没有货物被偷,没有赛伦吸引渔民,从而使其走向死亡。双方和平共处,两个世界都繁荣了起来。那是一个神奇的时代。"

"然后她离开了他,"我接着说,我记住了肖娜在历史课上所说的话。

亚伦的绿色的眼睛看着我。"她什么?"他生气地问。

"她——她离开他。"我不确定地回答道,"不是吗?"

"你不知道!"他厉声说道,"你竟然相信这样的垃圾故事。你怎么会这样?"

我用手指捋了捋头发。"对不起,"我说道,"我以为她这样做了。我以为她伤了他的心。很抱歉。"

"她没有离开他,"亚伦坚定地说,"她比世界上所有的人都要爱他。我会告诉你,她对他的爱以及她做的事情。"

我嘴巴紧闭,没有做更多的解释。

"她那么那么爱他,非常相信他们创造的魔法,以至于她去尝试了一些不可能的事。一天晚上,她决定让他看看她能为他做的事情。你知道她做了什么?"

我摇了摇头。

"她以为自己可以在水下地宫游泳。她相信他们的爱是如此伟大,已经超过了人类世界的正常规则。她认为她可以成为一条人鱼,但她淹死了。"

很长一段时间,我们谁也没有讲话。当我们沉默相对的时候,好像教堂就是整个世界,窗外的大海都不算什么,我们处于世界的中心,在某种程度上非常重要的东西的中心——那是什么?我无法描述。

"那天是她的生日。她想要送礼物给他惊喜,"亚伦继续说着,"她自己的生日,她想让他惊喜。他们只结婚一年零一周。"

"继续。"我轻声说。

"当尼普顿发现她的尸体的时候,他把戒指摘了下来,然后——"

"我只知道这一点。"我飞快地吐完这几个字——即使它不是比斯顿先生告诉我的!但是现在我必须这样做,告诉他可以信任我。"他把珍珠戒指从她的手指上摘下并且扔掉自己的钻石戒指。"

"没错,"亚伦说,"再没有人看到戒指——直到现在。"他陷入了沉默。

"北海巨妖有尼普顿的戒指,"我说,"我发现了它。"

亚伦向我走来。"爱美丽,这两只戒指只能戴在特定的种类手上。"

"我知道。"我说，吞了口口水。

"人类和人鱼陷入爱河，或一条半人鱼。"他的声音渐渐变成了问号。

我没有回复。最后，我点了点头。

"我知道了。"亚伦突然面带微笑地说道，"你是半人鱼！你是真的，难道不是吗？"

"你怎么知道？"

"你说你是游着穿过隧道来到这里的。没有人能在水下游泳，穿过隧道更是不可能。"他咧嘴一笑。伴随着他的微笑，他的整个脸都改变了，就像看的二维图像突然成真了一样。"你发现了钻石戒指！"他说，"你真的发现了它！"

"它为什么有那么大的能量？"我问着。

亚伦带我看玻璃内阁架子。"看，"他说，指着写在戒指内的黑色铭文。我读出声来，"当接触戒指的时候，他们将放弃仇恨和愤怒。只有爱将统治整个世界"。

我抬头看着亚伦。"我不明白。"

"有一种咒语，"他回答我，他的脸突然变得阴暗。"这个咒语必须要很快被撤销。"

"什么咒语？"

亚伦用手轻弹了一下我，让我忽略了我的问题。"我们还需要找到珍珠戒指，不过，"他说，"这是不可能的。"

"谁说不可能？我已经发现一个戒指了啊！"我说着，我急匆匆地说。

"第二个戒指将更难找到。尼普顿从奥罗拉的手指上摘下来。他发誓只有在满月的时候,它才能被发现。但有一个机会。"

"机会?"

"戒指被埋得如此深,因而它从未见过满月的光,所以它也从未被发现。尼普顿和奥罗拉是在春分的午夜,满月的时候结的婚。那一刻,在那一刻,大海的潮汐是最低的,也只有这个时候戒指可能会被发现。但这些条件每五百年才发生一次,所以几乎不可能找到它,我们永远不会破解咒语。"

"咒语?"我又问了一遍。

亚伦走到一个小凹槽。当他向外看的时候,他的呼气使窗玻璃变得模糊不清。"奥罗拉死了之后,尼普顿将仇恨和愤怒转向人类。那里多年发生风暴,不计其数的船只在海上失事,很多渔民死了,更有许多人丧生在海里。即便这样,尼普顿仍是不满足的,甚至不能减少他的愤怒。"

"那么他做了什么?"

"第一,他禁止任何人类和人鱼之间的婚姻。他发誓这两个世界永远不会和谐相处。"

嗯,是的,我知道这一切。"第二呢?"我问。

"尼普顿和奥罗拉有三个孩子,"亚伦继续说着,"两个儿子和一个女儿。"

"他们怎么了?"

"在悲伤和忧愁之中,尼普顿诅咒了他们,"他继续说,"他自己的孩子,每一个孩子,自己孩子的后代,每一个人都会在年轻的时候死去,并且都是在奥罗拉的生日那天,就像她一样。他无法原谅她,因此,她的家人将会永远受到惩罚。"

"她的家人太可怜了。"我说。

亚伦点了点头。"他们的家庭,也有另一个诅咒。他们永远不会适应任何一个世界。他们不是人类,不是人鱼。他们无论是任何形式,总是残余着另一种形式的影子。每一代人都是这样的。你明白了吗?"

我明白了吗?要是他知道我有多么了解的话。"亚伦,看!"我把手伸在他的面前,张开手指,以至于他能看到我的手指已经变成了蹼状。

"你也是这样?"他简单地说着,"你是一样的。"

我点了点头。

"解除这些诅咒的唯一方法就是再把两只戒指放在一起。"亚伦说。

"因为诅咒来自仇恨和愤怒。"最后,我终于了解我找到的戒指的重大意义了。我们只需要找到另一枚戒指,我们就可以解除对她的家人的诅咒,还可以解除对我的诅咒,我可以继续作为一条半人鱼而存在!我也不会失去我的父母!我突然充满了希望。直到亚伦又开口说话了。

"但这几乎永远不会发生,"他说,"每五百年才有一次机会。"

"他们结婚是什么时候?"

"没有人知道确切时间。大概是五百年前了,也许更久。也许时间早就过了。因此,诅咒将永远存在,没有任何东西能带来陆地和海洋之间的和谐。"

亚伦陷入了沉默。他的话在我的脑海里一遍一遍地回放。我发现了一枚戒指,为什么我们无法找到另一枚呢?

"它埋在什么地方?"我突然问,"第二枚戒指,它被埋在什么地方?"

"就在她去世的地方,在她的家里。"亚伦的一只手穿过他光滑的头发。

"她的家?"我问。我非常确定他打算说什么,更确定他不仅仅是告诉我一个古老的传说、别人的故事,我很确定这是他的故事。她的家是他的家,他是她的家人。

"是的,"他说,"她住在半月城堡里。事实上,尼普顿特意为她建造了这座城堡,一个神奇美丽而又充满爱的地方。在这里,他们两个走到了一起。但是自从奥罗拉死了以后,这里就是另外一种景象,几乎完全和外界分离。"

"完全隔绝?你从来没见过其他人吗?"

"在城堡的不同历史时期,这里曾有很多生物。但从那以后这里再也不是一个快乐的地方了。诅咒,越来越多的家庭成员在消失。现在只有我和妈妈。有几个客人给我们带来了生活用品,但他们从不和我们说话。"

"为什么不呢?"

"他们大部分是赛伦,受雇于尼普顿。他们不敢违背尼普顿的命令。他们都接到指示不能和我们说话,虽然有一个例外,是我的秘密朋友,"亚伦说,"这是一种非常孤独的生活。"他补充道。

赛伦!这就是他先前说的,他把它改为仆人。关于亚伦是尼普顿和奥罗拉后代的事情,我猜的也是正确的!在我有机会说什么之前,警报再次响起,响彻周围的每一个空间,我的耳朵里面满是噪音。

亚伦跳起来,仿佛他被刺痛了一样。"妈妈,"他说,"我忘了!"

"那是什么?"我叫喊起来。

"我的母亲。她受限于床上。当她需要我的时候就会发出警报。我没有早点去看她。爱美丽,我必须离开了。"亚伦赶到门口。在教堂外,海浪冲刷着岩石。天空亮起来了;在浓雾之上,云朵是粉红色的,预示着新一天的到来。门框附近的蜘蛛网透出光亮。一个角落里有一个精心设计的螺旋形迷宫,另一角落里则是尚未完工的残片和线悬空松散着,像废弃的半空房屋。

"快回到隧道,这是唯一的方式。岩石太危险了。"亚伦带我回到门口地窖。"在那儿,"他说,然后打开它,几乎把我塞了进去。

"你会找到回来的路的,对吗?"

"是的,当然。"

"早点回来!"他急切地说,"答应我!"

我回答道,"我保证。"

"好。"他自己笑了一下。"我现在必须得走了。"与此同时,他关上了门,把留我在黑暗中。

第十章

我渐渐蹲下来,顺利回到地窖中,向幸运号出发。回去的路上,我没有遇到任何困难。水流推动着我前进,戒指在我手上闪着光,嗡嗡作响,它似乎和我一样兴奋!我会回到肖娜身边,告诉她这一切。

当我游回去的时候,我看着天空的变化,慢慢地,云朵变成橘色,越来越明亮了。太阳在我面前升起,阳光直射到我眼睛里,仿佛一件让我失明的武器。

在阳光之下,雾气在大海上翻滚着,就像一层薄薄的积雪。希望米莉没起床,我默默地对自己说,我竭尽全力游回去。尽管我感觉尾巴就像是铁石做的一样,我的呼吸也越来越急促了。

当我通过舷窗游进去的时候,肖娜在那里。"你去哪儿了?"

她低声吼道。

"米莉起来了吗?"

"还没。"她摇了摇头,"我睡不着,想着叫醒你,我以为你还在睡觉。"

"肖娜,我到城堡那儿了。"我说着,"我到达城堡了!"

肖娜非常震惊。"那里怎么样?里面是什么样的?像什么?你进去了吗?有人住在那里吗?"

我笑了,举起我的手来制止她问更多的问题。"我会告诉你一切,"我说,"只是我得先缓缓。"

肖娜默默地听着整个故事。当我讲完的时候,她只是盯着我。

"怎么了?"我问。

"爱美丽,你必须找到另一枚戒指。这是你唯一的希望!"

"我知道,但我不能。这几乎是不可能的。数百年来,几乎没有人见过它。它被埋藏得太深,不会现在突然出现!"

肖娜低下了头。"我们必须找到它,爱美丽,我们必须找到,我们不能放弃。你已经失去太多东西了。"

"你告诉我!"肖娜甚至不是失去东西的人。我就要失去整个人鱼世界,或我的整个生活。比斯顿先生的话一直在我的脑海里徘徊。尼普顿的规则——我只会在满月的时候看到我的父母,那将是最后一次。我甚至不知道该选择哪一个。

"你之前说我不会失去任何东西,"肖娜说着,她和往常一样理解我,"但是我将会失去一些东西。我将要失去你。我不想让它发生。好吗?"

我让自己朝着我最好的朋友微笑。"好。"我回答道。

我们盯着城堡。这一次,似乎它也在盯着我们,薄雾像一块黑暗的毯子,绕着它的底层袅袅升起,炮塔在太阳下明亮而刺眼,窗户像灯一样闪闪发光。

"我们能找到它,"肖娜安静地坚持着,她游向我,抓住我的手,"爱美丽,你可以解除诅咒!你只需要把戒指重新找回来并放在一起。你也会改变亚伦的生活!"

"也许也会带来海洋和陆地之间的和谐。"我兴奋地说道。我没打算阻止自己,我继续说着:"然后尼普顿会改变他的想法,妈妈和爸爸能继续在一起!"

然后我突然停止了。我想到我说的话,就不由自主地想整个人沉入水中。如果爸爸妈妈不想要再在一起了呢?事情是最近才发生的,他们可能会对尼普顿的新规则很满意!而且事实是戒指被埋得如此之深,它从来都不是容易被观察到的。

我要失去父母了。当比斯顿先生告诉我的时候,它就发生了。当满月的时候,尼普顿会让我和我的父母见面,然后我要选择其中一个——永远的选择。这个想法是如此黑暗,如此强烈,我感觉自己好像掉进了一个深渊,那是我的未来。我抚摸着我手指上的黄金指环,按了按在我手掌里的钻石,我想寻找安慰,但觉得它很冷,它没有给我安慰。

"我是在开玩笑吗?"我说,我的声音和内心一样沉重。"我们不会找到戒指的。我们永远不能阻止这些可怕的事情发生。"

"我们不能放弃!"肖娜说,她游到我面前,抬起我的下巴,就像妈妈强迫我听她说话时所做的动作一样。"你听到我说的了吗?"她严厉地说,"这不是我最好的朋友说的话。她曾经探索过沉船和洞穴,冲进监狱,解救了她的爸爸!我们会找到一个方法。对吗?"

我感激地点了点头。"是的,"我说。她是对的,我不能放弃,我不能让我的生活慢慢消失,我不能失去父母,不能失去我的一半身体。虽然作为一条人鱼,我并不觉得好玩,但是这是我身体的一部分,我不能失去它。我们必须要找到另一枚戒指,然后把两枚戒指放在一起,那么任何产生愤怒和憎恨的东西都会结束。我的诅咒将会被解除,还有亚伦的诅咒。他可以开始全新的生活。也许他和他的妈妈甚至可以和我们一起去原来的岛上!我们必须找到那枚戒指。事情就这么简单。

"好吧,"我又说着,"我们需要知道什么时候会满月。那样我们就能知道在诅咒产生作用之前,我们还有多长时间。只要满月的时间过去了,我就不再是一条半人鱼了,尼普顿会收回他的戒指。"

肖娜轻轻地说:"我可能再也见不到你了。"

我们俩都沉默不语。在我的下面,黑黄相间的条纹鱼就像情侣一般逃离这艘船,它们游到船的另一端,对着它们身后海洋轻轻挥手。

就在这时,头顶上的一声巨响让我们不由自主地望过去。米莉出现在活板门附近。"啊,你醒了,"她说,"我准备去做些早餐。你要一起来吗?"

"我们马上就来。"我说。现在我和肖娜的谈话结束了。

我慢慢地吃了一片吐司面包。我必须充分吸收它,因为直到午餐时间我什么也不能吃,但是这样,它也不足以缓解我胃里的痛苦。我分不清这是饥饿还是想念父母的痛苦。但是不管是哪种,它都让我很难过。

米莉喝着茶。"没有牛奶,就变得不一样了,"她低声说,"我也不能做更多的佛手柑了。"她把杯子放在一边。"那么,我们今天要做什么呢?"她轻快地问道。这听起来就像我们正在度假的日子里,而我不得不在游泳池、海滩或去看海豚之间做出决定。"我想我们可能会尝试一下占卜,"在我们有机会回答之前,她补充道,"它可以帮助我们弄清我们现在的位置。"

"占卜是什么?"我问。

米莉闭上眼睛,吸了口气。她拿着她的斗篷,把手抬到胸部附近。"占卜,"她深呼一口气,声音沙哑而低沉地说,"是一种感觉——或者更确切地说,是第六感。"

"第六感吗?"肖娜接着说,"我以为我们只有五种感官。"

"直觉,亲爱的,"米莉简短地回答,睁一只眼看着肖娜。

"我坚信我们都有探测能力,"她接着说,"只是我们大多数人都不知道这部分能力能干什么。对于我们中的很多人来说,我们的直觉都被忽略或被禁锢在某种思维里。但它确实存在,就在那里。"她沉默了下来,一边慢慢地呼吸,一边轻轻地点头。

她闭上眼睛,双手放在前面,手掌朝上。"占卜常被用于找到水,但它的作用其实很多。"她在继续之前看了一眼我们面无表情的面孔。"在外行人的眼中,它是进入精神力量的一种方法,就像利用自然资源一样,利用我们身体内在的力量。"

"嗯。"我说,然后没有再说话。

做了几次深呼吸,她突然睁开了眼睛,她坐直了。"那么好吧,"她对我们微笑着说,"我们只需要一个拼字拼盘还有几个衣架,然后再排好序。"说完她就站起来,走进了船里。

我和肖娜互相看了一眼,突然大笑起来。"你会习惯她的,"我说,"就装作你知道她在做什么,那样你会没事的。"

肖娜说:"但她有一点是对的。"

"什么?关于占卜吗?"

她摇了摇头。"她说的那些利用大自然的力量,这就是我们需要做的事情。"

"利用自然的力量?"我说,"你快像米莉一样糟糕了!"

"爱美丽,如果我们要找到这枚戒指,我们需要利用任何我们能想到的东西。"肖娜生气地说。

在我有机会回答之前,米莉已经和我们一起回到了甲板上。

米莉说:"现在是做这件事的最佳时机。"她把拼字的字母撒在甲板上,将金属线弯曲成一个新的形状。她边弄边说:"为什么我没有早点想到这个呢?"

"完美的时间吗?"我问道,"什么是完美的时间呢?"我想弄清楚为什么她认为现在是完美的。

"神奇的时间,"她眨着眼睛说,"现在已经进入春天有一段时间了。"

"春分吗?"我问,我记得亚伦说了什么,这是一年中潮水的最低点。一闪而过的希望闪烁着,但消失的速度几乎和它出现的速度一样快。我突然记起来他后来说的话。只有一年的潮水足够低的时候——有可能这段时间已经过去了。

"事实上——"米莉一边说话,一边去掏她总是背在肩上的小袋子。

然后她拿出一本小书。它是黑色的,边缘上有粉色和蓝色的羽毛,沿着书脊,有一些华丽的字母,拼出"魔法书"三个字。"如果我推测没错的话,今年更特别。"

"更特别吗?"肖娜问道,她的声音既紧张又高昂,"为什么今年更特别?"

"让我核对一下。"米莉看了看她的书,舔着她的手指,翻阅书页。"啊哈!是的,就是这样,"她笑着说,"今年是特别的!今年的满月和春分都在完全相同的时间,是同样的一天。真想不到!"

"什么？"我紧张地问，我的神经快要崩溃了。

"满月在午夜降临！"

我艰难地吞咽了一口唾沫。"在午夜吗？"我问道，我的声音像刚被捕到的鱼儿一样抖动，颤抖着。"你确定吗？"

"当然！"米莉厉声说道。她把书的封面合上。"爱美丽，如果你是明智的，你就不会怀疑魔法书上的神谕。以我的经验来看，它从来没有出过错。"她大声地说，然后又回去翻看书，而且眯着眼，喃喃自语。"满月在午夜发生，"她喃喃地说，"我打赌这不会经常发生。"

经常发生？每五百年才有一次！是它！今年——是找到戒指的唯一机会！

"米莉，我可以看看书吗？"

她把那本书递给我。我的双手在颤抖，以至于许多字开始变得模糊。但是我看到了我需要的东西。她是对的！满月在春分的午夜发生！当我读到下一段的时候，我的手不由自主地颤抖着，以至于书都要掉了。日期！竟然是今晚！

我默默地把书还给了米莉。我的嗓子里说不出一句话来。

"很有趣，"米莉说。当她对我们微笑时，她的心情也变了。然后，她把书放回包里，又把包放在衣架上。"现在，让我们来看看占卜。"

"这很奇怪，"米莉一边在拼字上挥舞着她的衣架，一边皱着眉头说。

"什么？它告诉了你我们在哪里吗？"我慢慢地靠近她的肩膀问道。

米莉摇了摇头。"它一直在跟着你移动。"她瞥了我一眼，"跟着你的手。好像它想告诉我们一些关于戒指的事。看，它告诉我戒指和别的两者之间有很强的联系，等等，它写了什么。"

我看着她在那个衣架上来回摆动字母。除了抽搐和移动之外，它看起来不像是在做什么别的事情。

"关于星星的事情。"米莉一边跟着衣架移动，一边喃喃地说。

肖娜待在一边甲板上。"星星？也许它告诉我们要用星星找到回去的路。"

"不，这肯定是与戒指有关的。戒指和别的事物之间有强大的联系，继续，还没有结束，"米莉说，她跟着衣架移动并且大声朗读出来。"星光——"

"星光？"我问道。

"可能是的，等等。"随着它不停地移动，我们都密切关注着。当它移动到一个字母时，它停止了移动，停在了米莉的手上。

"欧掠鸟！"米莉最后说道，然后从她的包里拿出手帕擦她的前额，放下衣架。

"欧掠鸟？"我茫然地重复，"欧掠鸟和什么东西有关系吗？"

为什么？为什么我又要去做这件事？相信米莉所谓的"精神直觉"可能会有任何值得相信的地方。为什么？

"我不知道，亲爱的。"米莉的声音听起来跟我一样平静，"有时需要尝试几次才会有效。需要热身，你知道的。你先别走，我们等会儿再来一次，好吗？"

我和肖娜偷偷溜了出去，让她自己去做这件事情。

"这占卜真是够了！"我一边说，一边掉进了旁边的水坑里。我的尾巴只有一半闪烁着，就像我仍有的希望一样脆弱和无力。今晚是满月，如果我们找不到戒指，咒语就会生效，明天我将永远失去父母中的一位。

"来吧，"亚伦说，"潮水在今晚会是五百年来的最低点！"

"但如果他错了怎么办？"我说，"魔法今晚就会结束。尼普顿将会拿到这个戒指。一切都会结束了。"我无法忍受，甚至连想都不敢想。我的未来是黑色的，今天的午夜之后我就深陷其中了。

肖娜说："你必须相信她。"她的声音充满了希望，我不禁让她的热情感染了，我的心现在像一只充满了气的气球。

"你说得对，"我带着新的决心说道，"这是我们唯一的机会，我们不能错过它。我们今晚必须找到戒指！"

第十一章

"小心点!"肖娜从舷窗里向我挥手,低声说。

"祝你好运!"

"你也是,"我带着充满希望地微笑说,"我很快回来看你。"

"你确定不想我陪你吗?"

"我确定。"我说。我们决定我直接回到城堡,告诉亚伦这个消息。

没有时间可以浪费了。肖娜要待在船上,防止米莉来寻找我们。幸运的是,米莉变得如此专注于她的占卜,在一段时间内不会注意到任何东西。不过,我不会有太多的时间。我不想她担心我,或者更紧紧地盯着我,阻止我今晚出去。那简直是不可想象的!我得小心点,并且要快点。

我向熟悉的道路游去,以同样的方式偷偷溜进了隧道,最后落入水池中,即城堡的地下室。我从水里跳了出来,坐在一边,让自己的呼吸平稳一些。我感到精疲力竭,清楚地知道我的时间已经不多了。我的身体在一小时内变得越来越虚弱。我的尾巴变得越来越不协调,我的呼吸变得越来越重。只剩一天了。请让我再坚持一天。

我听到身后有一声巨响,吓了一跳。

"爱美丽!"是亚伦!他仍然穿着黑色的衣服,头发扎成一个光滑的马尾辫,他的脸在半黑的地窖中显得有些惨白。

"自从你离开后,我就一直在这里徘徊,"他一边说,一边轻轻地关上了身后的门。"我希望你会回来。"

"我说过我会的。"

亚伦走近了一步,然后我注意到了一些东西,他的脚也是蹼状的。当然是这样,他是奥罗拉的后代啊,这意味着他身上的咒语也生效了。就像我一样,他也困在两个世界中,既不是一个完整的人,也不是一条完整的人鱼。

他注意到我看着他,害羞地伸出一只手。"来吧,让我拉你出来。"他说着,这一次他没有把手移开。他把它伸出来,手掌向上,张开手指给我看。他的手指连接在一起,他的手也有蹼。当我抓住他的手时,好像我们在完成一个交易,我们是相同的,我们在一起。

我们坐在泳池边。亚伦盯着我的尾巴消失了,我的腿渐渐出现。

"我甚至不能做到这一点。"他说,"我的腿黏在一起,我的脚趾可以动,但这已经是全部了。"他热切地望着我。"就像我其余的家人一样,我们每一代人一样。"

"亚伦,我们可以改变它,"我说,"这就是我来告诉你的事情,就是今晚。在今天的午夜,满月时分!"

亚伦的眼睛睁得大大的。"今晚?是今年?你怎么知道的?"

我告诉他关于米莉和魔法书的事情,我没有提到米莉有时候会错的事实,这一次她必须是对的,她必须。

"我不相信,"亚伦一遍又一遍地说,"我不相信,自从我知道这件事情之后,每一次春分,我都满怀希望。我甚至自己寻找过戒指,祈祷另一枚戒指会以某种方式出现。"

"我简直不敢相信我到这里来了,"我回答,看着我手指上的戒指,微笑着。我能感觉到它也对着我微笑。"我知道我的生命中有过一些幸运,但我可以肯定这是你能得到幸运的机会。"

亚伦摇了摇头。"这并不是巧合,"他说,"是戒指把你带到了这里。"

"把我带到城堡里?"

"戒指注定是在一起的。"当半人鱼带着戒指的时候,它想要找到另一枚戒指。在它被掩埋的时候,魔戒是没有力量的。但当它们获得自由的时候,它们想要在一起,它们注定是在一起。戒指的魔力把你带到了这里。"

我们陷入了沉默,迷失在我们的想法里,也许是迷失在希望里。过了一会儿，他说："现在我们只需要找到珍珠戒指。"

"不只是找到它。我们必须在满月下，将两枚戒指放在一起。我们得尽快，满月一过，我就不会是半人鱼了。我又要失去戒指了。"

"如果我们失败了——"亚伦看向远方，声音也越来越小。

"我将会失去父母的一方。"

"我也是，爱美丽。"他的语气有些僵硬。

"嗯？"

亚伦吸了口气。"几年前，城堡的生活还没这么糟糕。在几代人之前，这是一个繁华的地方。时不时发生的沉船失事意味着偶尔会有幸存者来到这里。就像我说的，尼普顿总是派一些赛伦和一些人鱼来这座城堡，所以我总会有一些同伴。虽然尼普顿很厌恶，但是这里总是充满了爱，总会有人结婚，总会有人有跨越禁忌的决心。"

"陆地和海洋之间吗？"

亚伦点点头，继续说："但每一代人，都是一样的。正如我早上告诉你的一样，每个人都有同样的命运。每一个人都会在年轻的时候死亡。魔法从一代传至下一代，世代如此。"

我不知道该说什么，我伸手去触碰亚伦的手臂。

他看了看我的手，然后看了我一眼，说："我父亲是船长的儿子。他发誓要在诅咒影响到我母亲之前阻止它，但是没人知道它发生的确切年份，只知道它总是在奥罗拉生日的那一天。"

他瞥了我一眼,说:"我的母亲是尼普顿和奥罗拉的后代。"

"继续说。"我提示他。

"没什么好说的。他试图找到戒指,但是他失败了。他到处寻找,但是那些石头并不友好,爱美丽。"

"发生了什么事?"

"他淹死了。"

"很抱歉。"我轻轻地说。

"那是三个月前的事了,"他接着说。我突然想知道这是不是他衣着奇怪的原因,全身都是黑色的,他是在哀悼。

他转过身来面对着我,他的眼睛闪着泪光。"这就是为什么我们要阻止它,爱美丽。即使成功的机会很小,我们也必须要努力,我们必须得这么做。这是我们唯一的机会,是防止我们双方失去另一位家长的唯一方法。"

"另一位家长吗?但——"

"我的妈妈,爱美丽,"他打断道,"她快死了。下周是奥罗拉的生日,那天她会死亡。"

这时我才真正明白这一点,这不仅仅是关乎我。它更是关乎生死的。如果我们没找到戒指,亚伦的妈妈,将会在下周奥罗拉生日的那天,像她的祖先一样死去。

"这就是她现在只能躺在床上的原因。她已经病了。她只有几天时间。"亚伦的声音突然停止了。

"我们会找到戒指的,我保证。"我坚定地说。

亚伦试着微笑，即便他的嘴巴在抽动，他的眼神也是我一生中所见到的最悲伤的。他潜进水里。"来，我给你看看我刚刚发现的东西。你走后，我去见母亲，但和你的见面引发了我的思考。我回到了小礼堂，爱美丽，我发现了一些我以前从未注意到的东西。你来看看。"

我跟着他回到了教堂。

"穿过这里。"亚伦把我带到了教堂的后面。在最后一排座位的尽头，几个台阶上有一个很小的缺口，刚好够我们站着。

亚伦沿墙走了一圈。他坚定地推着墙壁，墙壁吱吱作响——移动了！这是一个隐藏的门！

我跟着他走进一间黑暗的房间。

我环顾四周，眨着眼睛，眼睛渐渐适应了黑暗。阳光从墙壁上的缝隙中透进来，刚好可以看清整个房间：一个小小的长方形，一个木制的板凳从一边横跨过到另一边，对面有一扇拱形的门。

"我从来都不知道这里有什么，"亚伦说，他示意我跟着他，"来，我给你看一些奇怪的东西。"

我跌跌撞撞地穿过黑暗的房间，我的腿因疲劳而发抖。每个角落里都有蜘蛛网。我颤抖地跟着亚伦走到房间的尽头。

墙上挂着一排画，就和在城堡四周的走廊里摆放着的画一样。"图片更多了，"我说。

还有一些是不一样的。这里没有肖像画或战争场景的照片，它们也没有框架。它们全是壁画，都是画在墙上的。

他指着第一幅画说道："这是我从世界各地得到的图片、书籍和地图。这就是我的生活。这是我的学校，我的历史。这是我的一切。但是都不像它。"他指着第一幅画。

现在我的眼睛已经习惯了黑暗，我研究着这幅画。深蓝色的天空，翻腾的大海，明亮的月光洒在城堡上。

"它们是谁画的？"我问。

"我不知道。我敢肯定那是我的曾祖父。"亚伦说。

"那个做了戒指，并且将它放到柜子里的人吗？"

他点了点头。"他沉迷于魔法，试着解除它。我家里的男人总是这样的。这些照片似乎是一个线索。"

"它们是的，"我回答着，甚至不知道为什么，戒指在我的手指上开始发热，好像它知道真相。"它们是线索，"我重复道，"我肯定。"

"一个秘密的线索，隐藏在视线里。"

"但是为什么有人想要秘密地传递消息呢？"我问道，"如果他沉迷于此，难道不能告诉大家吗？"

"我能想到的唯一原因就是尼普顿将永远也不会知道这件事情。"

"但是为什么不采取行动，做点什么呢？"

"他可能并不比我们知道的更多，如果他知道的话，看！"

亚伦指着墙壁上那些潦草的字以及揭示艺术家内在心灵的画说道,"这里写着为什么?重要的是什么?多少年?"

"有人和我们一样,问了同样的问题。"我说。

"显然,答案和我们的一样多,"亚伦断然回答,"否则我们就不会在这里了。"

我走上前去更仔细地研究第一幅画。直到那时我才注意到天空中的阴影。旋转模式看起来很熟悉,黑色的圆锥形风暴在天空旋转。

亚伦走到下一张照片前,示意我跟着。它和第一个相似。同样是翻腾的大海,这一幅的天空更加黑暗,月光反射在岩石上,像火炬的光。天空中有两个盘旋着的、旋转着的圆锥形风暴。一个看起来像一个旋转的蜂巢,另一个就像飞机经过留下的暗道。

"还有一个,"亚伦一边指着第三幅照片,一边说。它上面有灰色的闪光岩石,还有城堡的地基。这里的旋涡看起来就像一个黑色的蜂群,它的底部在岩石的尖端,中心闪耀着白色的光。

"我看过这些形状!"我脱口而出,"我们在这里的第一天晚上!它们是什么?"

"我也见过,通常是在每年的这个时候,它们是数以百万计的鸟类。"

"每年的这个时候?春分。亚伦,这就是证据!它们一定有一些和戒指相关的东西！你的曾祖父应该是知道的。"

"我想你是对的,"亚伦说,"但这事,我们谁都不知道——它们在告诉我们什么。"

我不知道他是否说了别的话。我忙于盯着刚注意到的单词,大写的、下划线的,就像一幅画的标题。

我的目光呆滞,一股寒意向我袭来,我读到了这个词:欧掠鸟。

第十二章

我都不知道我是如何度过剩下的时间的。我和肖娜互相追赶着,谈论着我要做什么以及如何实现它。我们在船的下半部分游了一圈又一圈。

"是的,所以你必须去城堡,找到另一枚戒指,把它们俩放在一起。"肖娜将她的计划重复了快二十遍。

不管我们重复了多少次我必须要做的事,它听起来并不容易。

"过一会儿就满月了,"我说,"否则就太晚了。尼普顿的信息已经足够清晰。当满月的时候,咒语将会生效。我将不再是半人鱼了。这就意味着我不能够触摸到戒指。我将永远失去它。我所关心的一切都会消失。"我默默地补充。

肖娜看着我,盯着我的眼睛。

她说:"我们不要这样想。"

"我会失去父母的,"我没有理会她,继续说。

"爱美丽,请不要这样。"

"亚伦将成为孤儿。"

"爱美丽!"肖娜靠在我的肩膀上说,"我们可以做到的,好吗?"

"好吧,"我断断续续地说。我一点都不相信我们可以做到,我们失败的概率是非常大的。

太阳已经消失了,就是现在了。过一段时间,月亮会升到天空,月亮就会变成满月。

米莉不会让我们单独离开的。她站在前甲板上,指着广阔的天空中出现的星座。

"它们是小犬星座,"米莉一边指着一群看起来非常相似的星星一边说着,"哦,我想那可能是北冕座。"她查了查她的书,然后抬头望向天空。"是的,我想是的。"她接着说,其实并没有人在听,"好吧,你不会经常看到它。"

当她叫我的时候,我礼貌地对她微笑,附和着她,那样她会认为我知道她在说什么。实际上我关心的是如何能在月亮出现之前离开船。我瞥了一眼我的手表,将近十点钟了,只有两个小时了。

我假装打了一个大哈欠,希望能吸引她,让她也昏昏欲睡。

然后她说:"如果你累了,为什么不去睡觉呢?"

我绝望地摇着头,找到了肖娜。

"我们该怎么做?"我问,"当她在甲板上时,我不能出去。我们没有时间了。"

"你为什么不直接告诉她你想要做什么呢?"肖娜问我。

"我不能。她今天晚上又说了一遍,不让我离开她的视线。我不会再有这个机会了,要是我能催眠她就好了,就像她对别人做的那样。"

"嘿,"肖娜一边说,一边微笑着,"我可能有个主意。"

她在书包里翻找着。"噔噔!"她一边说,一边拿出她最好的毛刷。刷子的柄是用黄铜做的,铸成了海马的形状,鬃毛柔软,像羽毛一样柔软,就像一个漂亮的马尾巴,后面还有一个镜子,周围是粉红色的贝壳。

"毛刷吗?"我说,"肖娜,这不是担心我们发型的时候!现在是时间问题。"

"我不担心我的外表!"肖娜生气地说,"听着,我有一个计划。"

当她向我解释她的想法时,我情不自禁地笑了。"肖娜,你是一个奇迹,这肯定行得通。"

当我询问米莉的时候,她太高兴了以至于忽略了我。"我太累了,但是我睡不着,"我说。我需要一些帮助,我认为你的催眠术是唯一的强大到足以做到这件事的东西。"

她冲我笑了笑，脸红了。"噢，就依你，我的小可爱。"她说。但是当我跟着她进我的卧室的时候，她却把围巾披了在了她的肩膀上。

我瞥了一眼我为米莉准备的椅子，希望她不会移动。它的定位是完美的，就像衣服上的毛刷一样。只要她坐下来不移动任何东西，镜子应该可以正确反射她的催眠术，正好催眠了她。

"那时，"她开始了，在椅子上坐好了。完美！我躺在床上，半闭着我的眼睛。"正如你所知，这是一个强大的工具，你可能会发现你睡得比平时更沉，比平时还舒适，你会发现你的梦更强烈或更复杂。不用担心这一切，重要的是，你要好好休息一下的。现在，让自己舒服一点，我们就开始吧。"

我坐立不安，假装自己已经很舒服了。我希望的是，我不会舒服得睡着了。

如果它不起作用呢？我脑海里的一个声音一直在问。我尽我所能地去忽略它。它必须起作用，没有别的选择。

过了一会儿，米莉用很低的声音引导着我，告诉我说我有多累。"你是一根羽毛，"她吟诵道，"慢慢飘到地上。每一次呼吸，你都能左右摇摆，再低一点，越来越接近睡眠。"

我忍不住打哈欠。我止不住地去想羽毛，别想睡觉，我催促自己。想想你必须做的事情。想想你的妈妈、你的爸爸，你有机会能让他们重新在一起。

这就是我所需要做的。我是清醒的。惊慌失措的感觉就像一辆高速列车在我的胸口跳动。

"你很困,"米莉慢吞吞地说,甚至更慢,"非常困了。她的声音听起来好像她喝醉了。"事实上,你就是——非常困了。你甚至不能——想更多了。"她深深地吸了一口气,打了个哈欠。非常大声地打哈欠之后,再继续,"所有你想要的就是去睡觉。"长时间的暂停。"美好的睡眠……"一个更长时间的停顿。她又打了个哈欠,"平静的……"

这一次,一片宁静,直到她的鼻子出现了短暂的哼声。我在睁开眼睛之前,还等了几秒钟的时间。

我拍一拍我的嘴巴,防止自己笑出声来。米莉躺在对面的椅子上,她的双腿在面前伸展开来,她的头向后仰,嘴巴张开,眼睛紧闭。

我很快就从床上坐了起来,小心翼翼地绕过米莉,我爬到地板中间的活板门,慢慢蹲下来。

"我们做到了!"我兴奋地对肖娜说,"她完全睡着了。"

"哈哈哈!"肖娜咧嘴一笑。

"来吧,我们走吧。"

我们游到舷窗再听一听,什么都没有。就是现在了。

"等一下,"我说。我的尾巴还没成形,它需要的时间越来越长了。我的腿黏在了一起,但没有任何反应。我感觉不到我的腿——而且我也感觉不到我的尾巴。我整个下半身就好像完全麻木了。

突然，我惊慌失措。发生了什么？我瘫痪了吗？也许我永远也不会走路和游泳了！

最终，我的尾巴形成了，就在那里。蓝绿色的闪亮的鳞片在末端，白色皮肤几乎一直到我的膝盖，它看起来就像是木制的，在水里忽闪忽现。我的呼吸是沉重的，我不知道米莉的催眠与它有没有关系。或者这只是咒语，但在我们游出舷窗的时候，我已经筋疲力尽，几乎要在水中睡着了。

肖娜向前游，她的尾巴闪闪发光，水滴在月光下闪闪发光。我能再次这样吗？我从来没有游得像肖娜一样优雅。我的心突然感到很沉重，就像我身体其余的部分。

"等等我，"我喊道，挣扎着屏住呼吸。

肖娜放缓了速度。她说："我们得赶紧点，我们没有时间了，月亮将在一小时内升起。"

"我知道，我竭尽了全力，只是我——不能一直——保持。"我气喘吁吁地说。

肖娜在我身边游着，抓住了我的手。"来吧，爱美丽，"她轻声说，"你能做的，你还有我，我们会做到的。"

我没有回复。浪费我有限的力量去说话，毫无意义。

但是无论我们游得多么艰难，城堡都没有越来越近。

"隧道在哪里？"肖娜问我。

我摇了摇头。"不行，"我说，"我不能呼吸，我必须这样做。"

我试着做我第一次做的事情,那次是戒指把我带到了隧道。我试着放手,听从戒指。当我们游泳时,我抚摸着指环把戒指绕了一圈,这样我就能看到钻石了,它在我的手指上闪耀着光芒。

它在那里引领我们。我能感觉到,这只戒指正在尽其所能地帮助我们,即使我不能穿过隧道,即使电流如此之小,即使城堡看起来越来越近了,即使我们还在这里。也许它就像我一样,变得越来越虚弱了。

请坚持住,我默默地恳求着,请带我们去那里。

我们似乎一直在游泳。

"我做不到,"我哭喊道,泪水开始滑落过我的脸庞,"我做不到。"

"爱美丽,看!"肖娜放开我的手,指着前面。我随着她的手指看去。"城堡!"她说,"我们越来越近了!"

她是对的。在亮光中,我能看见它,甚至比以往任何时候都更清楚。浓雾笼罩在它中间。上面,有三个大炮塔骄傲地耸立在深蓝色的夜空中,它的窗户亮得像被抛光了一样,隐藏了上千个秘密。

在薄雾之下,岩石正在出现。巨大的卵石点缀在海滩上面。在它们之间,参差不齐的岩石到处都是,像一道令人生畏的山脉。海浪猛烈地撞击着它们。

那座城堡如此之近，我很兴奋。我试着抖动一下尾巴，但它几乎没动。每一次滑行，我的手臂都在变得虚弱，我的尾巴越来越像一块厚木板。

月亮开始升起来了。

首先，月亮从大海中探出头来，每一刻都在变大，直到它变成一个整体。巨大的橙色球，在水面上挂着，它慢慢地进入了天空。我们可能要等二十到三十分钟，直到它完全高挂在天空上。时间已经不多了。

我说："我们不会成功的，我们最好还是放弃吧。"

但在肖娜有机会回答之前，一个声音穿过黑暗召唤我们："爱美丽！"

我向前看了看，扫视着岩石。

"这里！"肖娜尖叫着，用手指戳了一下巨大的锯齿状岩石，它们尖锐得就像女巫的帽子，都是黑色的。一个人出现在它们中间，是亚伦！

"爱美丽！快点！"他说，"请快一点！"

我不能放弃！我当然不能。虽然我身体里的每一个细胞都疲惫得想要尖叫。但是我仍要去那里。

肖娜紧紧地握着我的手。"我们能做到"，她一次又一次地说，"我会送你去那里。"但是对任何人来说，在水中拖着沉重的四肢都不容易，甚至连肖娜都开始觉得累了。城堡仍然是遥不可及。来吧，来吧，我们得去那儿。我在心里开始催促我自己，不断地要求，请求。只要能到那里，我可以做任何事情。

月亮慢慢地往上爬，它变得越来越圆，越来越白。咒语在任何时候都可能会生效，一切都会结束。尼普顿将会在这里拿回他的戒指，他要让我的父母说再见。我解决这些问题的机会将永远消失，同样消失的还有我关心的每一样东西。

我就像湖里的小狗一样笨拙地在水里扑腾着。但是没用的，没用的！城堡似乎离得越来越远了。月亮升起，它的光束像在大洋顶端的探照灯一样。我一直盯着前面的水，像逃犯一样躲避着月光。如果没有抓住我，也许我们是安全的。

我瞥了一眼城堡，还是太远了。它看起来就像黑色天空中的一个纸板。亚伦黑黑的、小小的身影站在岩石上，向我们招手。他的声音似乎越来越微弱。

然后别的东西出现了。

我凝视着，一片浓密的黑云不知道从何而来，它们像一群黑鱼那样盘旋着，像蛇一样伸展开来；扭转着，向上，向下，绕圈旋转。它们看起来就像一大群蜜蜂。

它们朝着我和肖娜扑来。我看到了那是什么：鸟儿。瞬间，它们转过身去，朝着城堡飞去。它们似乎在为我们跳舞，它们身形完美，在城堡附近做慢动作式滑翔，仿佛在悄悄地滑下螺旋楼梯的栏杆，然后又聚成一个黑球，在城堡上空旋转。

鸟儿随着旋转，继续舞蹈着。然后，它们扩散开来。一大群黑鸟掠过我们的头顶，上百万种不同的声音突然闪现在黑夜中,直到消失在远方。

几秒钟后,它们又回来了,再一次向我们扑来。这一次,它们形成一段把天空分割开来的粗黑的黑线。它们不断地飞来,越来越多的鸟儿在城堡周围旋转、跳舞。

"那是什么?"肖娜最终说道。她的声音气喘吁吁。

"欧掠鸟!"我说。

"欧掠鸟?你确定吗?"肖娜问道。

"当然。"

"但是欧掠鸟不会在夜间飞行,对吗?而且不会在海洋的中央。"

我摇了摇头。"看看天空,肖娜。"这时随着月亮的上升,又变亮了一些,月亮越来越高。"这不是一个普通的夜晚。"

"你可以再说一遍,"肖娜呼吸着,"它们在干什么呢?"

仿佛是为了回答她,鸟儿们就自己形成了一个紧实的圆锥体,底部尖锐而锋利,它们呈螺旋状,朝着岩石旋转着,像电钻一样。圆锥在水边的一堆岩石上徘徊,当它们这么做的时候,戒指灼烧了我的手指,使我的手指发热,让我的身体充满温暖和激情。在那一刻,我知道了。

我转向肖娜,对她说:"它们在帮我们,它们想让我们找到戒指。"

它们一定每年都是这么做的,它们和戒指是有关联的,亚伦的曾祖父也发现了这一点,但是我们比他有更多的东西,我们有戒指，我们也有月亮。我抬起头，它飞得越来越高。

突然间，我不再感到疲劳了。"欧掠鸟！"我尖叫着向空中扑去，就像被闪电击中了一样跳了起来。"亚伦！跟着欧掠鸟！"这些是画的内容告诉我们的。我现在一点也不怀疑。我指着天空，又指了一下我的手指和鸟儿。

亚伦盯着头顶上的黑云。然后，就像他也被闪电袭击了一样，他开始行动了。他跑到水边的岩石下，跪倒在地，在沙地上摸索圆形的岩石。

月亮升到了另一个高度，闪闪发光。当它升起时，天空变得很亮，就像白天一样。时间快到了。亚伦，请找到它，找到它。我看着他在海水的边缘，停下来仰望那些欧掠鸟，然后回到地面，又去了一个新的地点，一个不同的地方，他举起石头，把它们扔到一边。每次他的手都是空的。

当我们游过去时，水似乎在阻止我们过去。波浪不知从何而来，溅起浪花，拍打着我们的脸，把我往下面挤。在我们周围爆发了旋涡。小旋涡与破裂的泡沫就像熔岩一样。发生了什么事？

肖娜吸引了我的眼球。"是尼普顿，"她脸色惨白地说，"他一定是在路上了。"

"爱美丽！"亚伦向我们喊了起来。他在空中挥舞着他的手，"看！"

他指着欧掠鸟的底座的下面。距离太远了，以至于我看不清他指的是什么,但是当月亮越来越亮的时候,我看到了一个闪闪发光的东西,就在他站的岩石下面。当海水退得更远时,它闪耀着光芒,是戒指。

我们找到了戒指!我们真的做到了!欧掠鸟聚集在岩石周围,明亮的月光下,它们聚集在一起,翅膀是紫色和绿色的,这条线逐渐变薄,它们开始渐渐离开了。它们的工作完成了。

一股力量驱使我前进。我必须赶在尼普顿之前得到戒指。在月亮满月之前,在咒语生效之前,我会让一切结束。我的脑海里突然闪过这些念头,海浪拍打着我的脸,就像钗一样鞭笞着我。不,它们不能打败我,它们不能,我们已经拿到戒指了。我们能做到。一次又一次,我重复着同样的话。

"快点,爱美丽!"亚伦一边走向戒指,一边向我喊道。

然后,一股不知从哪里来的巨大的浪潮向我冲来,把我扔入无法再游泳的大海里。我努力回到地面,呼吸着空气。

当我重新呼吸的时候,我看了看岩石。巨大的海浪吞没了亚伦之前站立的地方。

他不见了。

他在什么地方?他发生了什么?

"爱美丽,"肖娜喊着我。我们被浪潮冲刷,然后分开了。"等等!我会找到你的。"她哭了。

另一波海浪把我冲到了下面,我一次又一次地被灌了很多水,我能呼吸的时间越来越短了。

我无法继续与之抗争,我不会到达那里。它是那么近,那么近。但我做不到。

我声嘶力竭地哭了起来,我的眼泪混入了愤怒的海洋里。我不再试着游泳,不再试着去战斗。"你赢了!"我朝着天空、月亮和大海尖叫。"我放弃!"

一切都结束了。我失去了一切,我失去了唯一让我的父母在一起,与继续和他们生活在一起的机会,我失去了作为半人鱼的生活——所有的一切都消失了,亚伦的未来也消失了。

第十三章

我哭了,我绝望地看着四周的大海。我们永远无法摆脱这种生活。

肖娜已经漂得更远了。她还在喊我:"我会找到你的,坚持住!"她也哭了。

但是我几乎无法保持我的头在海面上。当海浪没有从我头上冲过的时候,我正陷入巨大的海浪之中,上升,然后再次被抛了下去。

我滑到最大的海浪中去了,我目光所及之处都是深蓝色的水墙。就像一个井,而我就在井底。事实可能真的是这样,我张开嘴开始祈祷我的生活。

但是波浪没有停下来,它继续拍打着我,我上升到另一个浪尖上。我寻找肖娜在哪里,但是什么都没有。她在什么地方？我伸长脖子，眯着眼看远处。

我仔细检查了每一个海浪，直到城堡，搜索着每一块岩石。然后我看到了一艘船——一个小小的、绿色的、废弃的划艇，油漆脱落得到处都是，它的木头烂了，一半被烧了。

我突然想到，这条船可以救我们。只要肖娜能找到我，那她在什么地方？我搜索着地平线。在那里！我看到她的头了！

"爱美丽！"肖娜再次呼喊我。

"船！到那个船那里去。"我哭了，我的声音是嘶哑的，我在雷鸣般的大浪中尖叫。

"我听不见你在说什么！"肖娜喊道。她朝着我游过来。波浪吞没了我，我什么话也说不出来。

我喘息着，把头发从额头上扯下来，我的喉咙被海水呛到，我继续朝她大喊："船！那儿有一条船，找到亚伦，把他弄上船。"另一个海浪又拍打着我。吞下一口咸咸的海水，我哽咽了。

肖娜在岩石海滩上搜索着。"是那个吗？"她问道，指着被遗弃的划艇。那里面有一半是海水。

我点了点头。"就那样做吧，这是我们唯一的希望，快！"

肖娜紧握着我的手。"留在这里，爱美丽。待在这里，你会没事的。我很快就会回来接你的，好吗？"当她看着我的时候，声音变得沙哑了。

"走，快点！"我说。

肖娜转身离开我，朝岩石海滩上的废船全速前进，我心中充满希望的那个男孩还在某个地方。

我看着月亮越升越高。我们还有多少时间呢？几分钟吗？她会找到他吗？他有戒指吗？我的脑子里全是这些问题。

我眯着眼看了看那座岩石海滩。她成功了！肖娜站在海水的边缘，她把船拖进水里。一定要找到亚伦，一定要找到他。

"爱美丽！"岩石附近有人叫我。

"来人！帮我！"

亚伦！我可以在海浪中看到他的头，他的手在空中，蜷缩成一拳。"我拿到了，我拿到了！"他喊道，"来个人帮助我！"

"肖娜！"我竭尽全力呼喊着。她正把船从岸边慢慢地移开。我拼命地指着亚伦。当她转身看的时候，他又挥动着拳头。肖娜立刻把船推开，游向对面。当她拉着他的时候，他爬了起来。爬到了船的另一边，实际上是掉进了船里。

加油！加油！我现在所能做的就是在这里等待，我希望他们在月亮完全变圆之前能和我会合。我抬起头，已经快到时间了。快点！

肖娜在船后面推着船，当船随波浪倾斜和翻滚的时候，她的尾巴也疯狂地旋转着。当巨浪向我袭来，它消失在视线之外。每次海浪涌起的时候，我都会屏住呼吸，紧闭双眼，祈祷她会出现在下一个浪尖里。每一次都是这样，真的要感谢上帝。

越来越近了，船慢慢向我靠近，肖娜游着泳，推动着它，她的尾巴是唯一的引擎,亚伦坐在船上,一只手举起拳头。戒指在他的拳头里,我知道这一点。拜托!我默默地恳求他们能很快到我这儿来。我的身体每一秒都在变弱,我的尾巴现在几乎不见了,我的腿感觉就要黏在一起了,只剩下麻木的感觉了;只有我的脚替换了我的尾巴。

我的呼吸道被刮伤了,肺部也被撕裂了。我坚持不了多久了。

"爱美丽!"是肖娜在喊我,我拼命地想要维持下去。他们在这里!

"你是对的!"当他们到达边缘的时候,亚伦大声喊道,"这些欧掠鸟,它们的目标就是戒指。这些年,我也见过它们,但是我从不知道,我们从不知道。"当他们滑向我的时候,他奄奄一息地靠在船上。"抓住我的手。"

我朝他们游去,越来越快。我把手举得高高的,我们真的会做到!当我看到亚伦的时候,我笑了。他的手指离我只有几厘米。

然而海浪击中了我,这是最大的一波海浪。它砸到我的头上,差点把我撞晕,把我扔到水里,把船向空中抛去。我所能看到的只是一个喷泉、泡沫,还有随处可见的沙子,我吞下一加仑的水,我的肺像着火了。

我用尽所有的力气,带着我的尾巴,猛踢了一脚,用双手抓住了水,好像可以用我的方式穿过它。最终,我又回到了海平面。我不停地咳嗽,我知道那是我最后一次可以这样做。下次我将没有力气让自己振作起来。

"亚伦,"我喘着粗气,"肖娜!"

他们不见了。

大海真的和爆发了,就像世界上最大的旋涡一样,不停地摇晃着、摇摆着。我知道这只能说明一件事:尼普顿已经到了。

我看见他在远处,大约有二十只海豚拉着他的战车。他们向我们赶来。我感觉自己像一个被判死刑的囚犯,准备完全放弃。

"爱美丽!"一个声音在我身后喊道。我转过身去,亚伦!他的一只手仍然高举在空中,他站在一块浮木上向我划过来。"船坏了,"他喘息着,"这是所剩的东西。"

我疯狂地向他游去,希望我的尾巴再多坚持一会儿。

"月亮",亚伦气喘吁吁,"我们只有一分钟了。"

一波海浪冲过我的头,但我躲过了它,我奋力划水,划到临时的木筏上。喘着气,抓住它。再多一分钟,我就会永远失去戒指。对我来说,重要的一切都会跟着它从海底悄悄溜走,永远也看不见。

我能听到尼普顿在战车上咆哮,他在空中挥舞着他的三叉戟。

"现在!"我边伸出手边说,亚伦带着另一个戒指。他朝我伸出手来。珍珠闪闪发光，钻石也发出耀眼的光，几乎致人失明。当我们试着把这两个戒指放在一起时，我们周围的大海都沸腾了。来吧，来吧！

尼普顿在我们面前，他的脸像最黑暗的暴风雨来临前的天空，他的三叉戟举过了头，他的眼睛愤怒地燃烧着，他张大嘴巴对我们大喊大叫。然后——

大海停止了运动。

迷雾消散了。

尼普顿张开嘴巴对我们大吼大叫。我们的手碰在了一起。

戒指也在一起了。

第十四章

我们做到了!我们真的做到了。

我们把戒指放在我们之间,用另一只手抓住筏子。戒指那里的光发出丝丝的声音,就像一盒爆炸的烟火,白色的光直冲云霄,亮蓝色的能量球转了一圈又一圈,橙色的气泡在我们周围爆炸了。我宽慰地笑了笑,眼泪从我的脸颊上滚落下来。

每一次闪光,我都能感受到我破碎的身体正在恢复。我的尾巴又充满了光彩,轻拍着水面。我的尾巴完全变回来了!我还是半人鱼!我们击败了咒语!

"看!"亚伦弯起身子。他背后的一个东西也拍打着水面——尾巴!

光滑的黑色尾巴,它闪耀着光芒,一边拍打着水面,一边在海洋的表面闪耀着光芒。"我的尾巴,"他震惊地盯着它,然后说道,"我有一个尾巴了!"

"我们做到了!"我喊道,当我们把两个戒指放在一起的时候,我紧紧地握着他的手。

然后,尼普顿在他的战车里升起,他的身体挡住了月亮。

他开口说话,大声咆哮,去做尼普顿会做的所有事情。我闭上了眼睛不敢再想。他会说什么?他会做什么?他肯定不会任由事情这样发展。有一秒钟,我甚至在想,我们可以侥幸逃脱吗?

但是没有声音了。最终,我睁开眼睛,再一次看向尼普顿的位置——他的手在空中,他的身体紧绷,在海水里一动不动。他凝视着我们的方向,但不是我们。

我转过身去看他在看什么。起初,我以为只是薄雾,一直盘旋在城堡周围,突然变成一个球的迷雾。但雾里有什么东西——一个人,一个女人。她的脸是我见过的最漂亮的脸,她的眼睛像最亮的绿宝石一样,她有着浓密的黑睫毛。她乌黑的头发披在肩膀上。她向尼普顿伸出手来,他的眼神和她的眼神触碰在一起。

最后他说:"奥罗拉?真的是你吗?"

奥罗拉吗?那个使尼普顿伤心的女人?

当她向他微笑的时候,她的眼睛明亮了许多。她的微笑似乎照亮了整个海洋。"真的是我。"

"怎么回事?你怎么在这里呢?"尼普顿的声音有些僵硬。

"这是魔法吗?还是光的把戏?到底是什么?你怎么能像这样出现在我的面前?"

"每年春分时刻,我都在等着你。我想找你,直到这次,我才能见到你……"她在我们面前挥了挥手,朝我和亚伦微笑着。这感觉就像太阳出来了一样温暖。"这一次,戒指一起出现了,是它们把我带到了你身边,也把你带到了我身边。"

"可是你离开了我,"尼普顿的声音有些僵硬,"你伤了我的心,你修补不了它。你无法消除你对我所造成的痛苦!"

奥罗拉把一根细长的手指放到她的嘴上。"别这样说,永远不要这样说,我永远不会离开你的。"

"骗子!但是你确实离开了我!"

"我是一个凡人,我多么希望我不是啊。我甚至为你做过很多尝试,但是在我努力向你游去的时候,我被淹死了。"

她的声音逐渐消失,薄雾围绕在她的脸上,就像围巾一样绕着她。"你一定要原谅我。"她低声说。

"奥罗拉,"尼普顿朝着天空挥舞着三叉戟,他哭了。"不要走!我命令你留下来!不要离开我!"

薄雾几乎把她吹走了,她的形象,她的精神。不管它是什么,它几乎已经完全消失了。

"午夜过去了。月亮已经不再是满月了,渐渐进入了白昼,我们向着光明,向着春天,向着新的生活。我不能留下来。原谅我,"她的声音像微风一样轻柔,"原谅我。我求求你,原谅我。"她一次又一次地重复着相同的话,直到声音完全消失。剩下的只有风、月亮和夜晚。

在寂静中,我们看着迷雾继续绕着城堡旋转,将城堡裹在雾里。尼普顿盯着最黑的地方,他的眼神黯然失色。

亚伦放开我的手。"看,"他低声地说,"在月亮的力量下,戒指的吸引力已经减弱了。亚伦把戒指从手指上摘了下来,小心翼翼地放在木筏上,他举起双手。在月光下,我突然意识到他在看什么,是蹼。它们已经不见了。

我轻轻地把我的戒指放在他的旁边,我也检查了一下我自己的手。它们也恢复正常了!我开心地笑着,看着亚伦、肖娜,还有……

"好了!"一只不知道从哪里冒出来的手突然伸了出来,从木筏上抢走了戒指。

"不!"我向前冲,想把它抓回去,但是已经太迟了。我跳入水中,我浑身充满了力量,人鱼尾巴完好无损,我竭尽全力地向偷了戒指的人游去。但他的速度太快了,他像闪电般游到了尼普顿的战车那里。

当我回到水面的时候,我看到了那个人是谁。他的微笑,令人毛骨悚然,令人厌恶。他拿出了戒指给尼普顿。还有谁能做出这样的事呢?

比斯顿先生。

"尼普顿不会因为这些感伤的废话而难过!"他咆哮道,

"他知道什么才是生命中重要的东西。什么才是真正重要的，什么——"

"比斯顿！"尼普顿咆哮着。

比斯顿先生低着头，他一边挥动尾巴拍着水，一边把戒指放到了尼普顿面前。"陛下，"他的声音深沉而热烈，"我恭敬地返还属于您的东西。我向您宣誓效忠，我没有让您失望。最后，戒指又和您在一起了。这一次，它们能再一次被分开埋葬，安全地摆脱麻烦。我发誓，我永远也不会让这样的事情再次发生。"比斯顿先生的头是如此低，几乎要沉在水底下。没有人移动，也没有人说话。

然后，尼普顿伸出一只手，命令道："给我戒指！"

比斯顿先生立即向前游去，手拿着戒指游到尼普顿面前，说："陛下，我是您忠实的——"

"安静！"尼普顿咆哮着，他的脸不知道是因为愤怒还是痛苦，变得异常扭曲。

我盯着他看，我们做完一切后，所有的事情都发生了，事情怎么这么快就变得如此糟糕了呢？现在，尼普顿有了戒指，他可以再一次施魔法，而这一次我们不会有时间这样做了。

我沉在水中，我的尾巴几乎不动。肖娜游了过来，陪伴着我。她抓住了我的手。"无论发生什么，我永远是你最好的朋友，"她小声地说。

但也许她没有这样的选择，我们任何人都没有选择，所有的选择权都在尼普顿的手中。

尼普顿在空中挥舞着他的三叉戟。一会儿，三只海豚游到战车的一边。他弯下腰，对他们说些什么，海豚消失了，一会儿它们又回来了，还带着别的东西。是另一辆车，一辆雪橇，里面有两个人。一个女人，还有一条人鱼。不！不会是这样的！但确实是这样！爸爸和妈妈！当然！尼普顿说他今晚会带他们来的。

我尽可能地游到船的附近去。"爸爸！妈妈！"我身上的每一个细胞都很激动。但我一看到他们的脸庞，我的快乐就消失了。

当然。

他们是来和我道别的。

这里，在春分，在满月下，这是一年中日夜交替、地球和海洋最终会分离的日子，只是这一次是永远分离。

妈妈从车上伸出手搂住了我。"哦，爱美丽，"她抽泣着，抓着我的头发，把我紧紧地拉到她身边，甚至让我无法呼吸，但是我不在乎。重要的是，我又在妈妈的怀抱里了。"我在到处找你，我问遍了岛上的每一个人，我们找到了尼普顿的所有宝石，但是我们找不到最宝贵的那一个，那就是你。"

爸爸的胳膊也拥抱着我。他徘徊在我旁边的水里，他伸出手把我抱在他怀里。"我的小宝贝。"他说，他的声音很轻。

"爱美丽！"尼普顿大声呼喊。我们三个人都抬头看着他。

他指着爸爸坚定地说:"来这里。"

爸爸放开我。

"不!"我蹒跚地走到他身边,用我的手臂紧紧搂住他的脖子。我的爸爸将被带走了;我永远都见不到他了。"不!拜托!"我恳求着。

爸爸将我的手从他的脖子上放下来。"会好的,"他声音颤抖着说。他再也不相信我了。然后他看着妈妈的眼睛。"我永远爱着你。"又补充道,"就像我一直以来那样,对吧?"

妈妈用力地吞咽着,点了点头。

爸爸瞥了一眼看着他的尼普顿。"我得走了,"他说。然后他亲吻妈妈的手,抚摸我的头发,转身离开了。

我冲过水流跟着他。抓住他的胳膊,我想要和他一起游走。爸爸试图让我离开。"求求你,亲爱的,不要把情况变得比现在更糟糕了。"

"不要去,"我乞求道。我和他一起游到尼普顿的战车前。"求求你!"我恳求尼普顿,"请不要让我再次失去我的爸爸。求求您,请不要让他们分开。我可以做任何事情。我会很乖,我永远不会让您再次陷入困境。求求您。"我被拉离爸爸身边。我什么也没说,什么也没问,什么也不期待。

"不要哭了,孩子,"尼普顿说,"听我说。"他转向爸爸,严厉地看着他的眼睛,然后说,"你爱你的妻子吗?"

"胜过一切，"爸爸说。他想寻求一些灵感——在天空中找到它。"比月亮本身更重要。"

尼普顿轻轻地点了点头，问："她也是这么想的吗？"

爸爸瞥了妈妈一眼。"希望如此。"

妈妈把手举到胸前。她用手背擦着她的脸颊，用力地点了点头。

尼普顿沉默了很长时间，他把他的三叉戟放在他的车座上，双手握着戒指。他在掌心里抚摸着戒指，又来回看了看妈妈和爸爸。他那张有力的脸看起来有点不一样，脸颊上的愤怒似乎都消失了。他的眼睛看起来更圆、更柔软。这是第一次，我注意到它们那么绿。

在黑暗中，雨开始落下，细小尖锐的水滴落在我们周围的海面上。他又开口说话了。

他轻轻地说："今晚没有人说再见。"他转向比斯顿先生，"比斯顿，你错了。"

比斯顿先生向前游着。他低着头，头发掉到了水里。他说："陛下，如果我让您失望了，我——"

尼普顿举起了一只手，让他保持沉默。"你用行动表明了你的忠诚，但是你是错的。我不知道生命中最重要的是什么，真正重要的是什么。或者，如果我知道的话。我也是刚刚才知道的。"他抬起头来看着仍在城堡里盘旋的薄雾。雨更大了，雨点在我们周围的海面上跳来跳去。"我也是刚刚知道的。"

然后他把戒指放在面前。"来吧！"他说，又捡起了他的三叉戟，向海豚点点头，海豚立刻向前游去，把车和妈妈带到了尼普顿附近。

他在做什么？"我不会隐藏真相。我不会试图埋葬我的感情。"他说。

尼普顿呼唤亚伦。"你就是我们家族的人，我不能撤销已经开始的咒语，但我可以补偿。你是自由的，你可以去旅行，住在你喜欢的地方，和你喜欢的人结合。我再也不会把你藏起来了。你有我的鳍和血，我为你感到骄傲。"

亚伦对尼普顿微微一笑。他的眼睛，也是深绿色的，和尼普顿的眼睛一样。

"陛下，"他说，"我妈妈怎么办呢？"

"她一直在城堡等着你。"

"她是不是……？"

尼普顿点点头。"她会没事的，就像你一样，她以后还有很长的时间。我希望你们都能享受它。"

"你的意思是，她会变好吗？我们不再被诅咒了吗？"亚伦突然说。

尼普顿笑着回答道："我不会再这样了。咒语，是被禁止的——被规则禁止的！"

亚伦在空中挥舞着手臂，然后他转身对着我展露出最灿烂的微笑。

尼普顿转向我的父母。"我是一个严厉的统治者,"他说,"我永远都会这样,没有人能否认这一点。"妈妈和爸爸都点了点头,等待他继续。

"但是,"尼普顿继续说道,并且向我招手,"你的女儿帮我找回了我身上遗失了几百年的东西。"他陷入了沉默。

"戒指?"我问道,希望能催促他,尽管我知道不打断尼普顿会比较好。

"不,"他轻轻地说,"不是戒指。你和你的家人可能永远无法完全理解你给予我的东西,但是让我告诉你,这是最有价值的事情。作为回报,我把它还给你。"然后,他向爸爸、妈妈伸出手,将戒指递给了他们!钻石戒指给了爸爸,珍珠戒指给了妈妈。

爸爸、妈妈默默地拿着戒指,凝视着我和尼普顿。

"你代表了我所失去的东西,而且你也帮我找回了它。"他向着天空伸展双臂,然后说道,"现在是春分,是我结婚周年的日子,这一天是新的开始。我宣布,人鱼和人类将从现在开始,永远和平相处!"

我深吸一口气,看着肖娜。真的吗?他真的这样说?

"不只是这个小岛上。整个世界都会重新开始。我们将拥有一个新的世界。虽然这个新的世界,并不是一个全新的世界。它一直存在在那里,只是有人将它隐藏了起来。"

然后他转向我们,皱起了眉头,严厉地说道。"但你必须承诺,"我就知道会有一个陷阱,它不可能如此简单。我生命中的事情都不简单。

"你必须向我发誓,戒指再也不会分开。"

爸爸的笑容几乎将他的脸分成了两部分。他搂住妈妈的腰,用另一只手臂把我拉向他,接着说道:"陛下,这是最简单的承诺了。"

尼普顿笑了。"很好,我已经说了我想说的一切。"他拿着三叉戟在空中挥舞着,指向幸运号的方向。一群海豚分散开,游向幸运号。"你的船早上就可以出发了,"尼普顿说,"现在去吧,去周游世界吧,去看看新的景象。然后告诉我所有你看到的东西。"

"我们会的,"妈妈说着,"我们不会让您失望的,陛下。我们该如何感谢您呢?"

尼普顿挥舞着手臂打断她的话,说:"你们要做的只是尊重戒指以及尊重它们所代表的东西就可以了。我已经赋予了你们一个伟大的责任。你们必须向我表明你们已经准备好了。我将会密切关注你们的。"

尼普顿打了一下响指,然后又将他的三叉戟在空中挥舞,示意比斯顿先生接替他,然后他在车里坐了下来。

"看,我从没想过要伤害你。"比斯顿先生在我身边小声咕哝着。他满脸通红,结结巴巴地又补充道:"我不是故意的,你知道的,这只是责任和忠诚。我的意思是,尼普顿,他是国王。

我们还是朋友，不是吗？"

"朋友？"妈妈激动地说，"我们什么时候是真正的朋友了？"

爸爸轻轻地抚摸着她的手臂说："佩妮，这是一个崭新的世界。我们必须树立一个榜样。"

佩妮？爸爸叫妈妈佩妮！所有的一切真的都恢复正常了，甚至比原来更好！

妈妈问："一切都会像这样吗？"

爸爸点了点头，说："看看我们应当心存感激的东西吧，让我们都重新开始吧。"

妈妈转向比斯顿先生，叹了口气，说："好吧，我们会尝试把你当成朋友，但从现在开始，你也要记住你必须也对我们忠诚。"

"我会的，"比斯顿先生假笑着，"我会的。谢谢你！谢谢你们！"然后他又给了我一个不自然的微笑，并且抚摸着我的头发说道，"这并不难，对吗？"

我浑身僵硬，避开他的手，然后说道，"嗯，我还没做好原谅和忘记的准备。"

"爱美丽！"爸爸坚定地说。

"好吧，我会试着去原谅"。然后奇怪的事情发生了，我和比斯顿先生互相看着对方，我第一次觉得，我们真的看到了对方，我们看到、听到并且试着去理解对方。我似乎看到了和我很相似的人，非常像。那都是他想要的。当他对我微笑，我没有注意到他的牙齿与他奇怪的眼睛,我发现我也对他微笑。"是的,"我说,"一点也不难。"

"你是一个很好的女孩。"他说。

"比斯顿!"尼普顿喊比斯顿先生,让他坐上战车。当海豚带着他们离开的时候,月光也照亮了他们。

夜晚一片寂静,当他们的船离开的时候,我能听到尼普顿朝着天空大声呼喊:"我原谅你,我原谅你。"

他的话响彻黑夜,爸爸指着天空,然后说道:"看看这个。"月光照亮了大海,闪亮的雨滴不断落下。如果不是我亲眼所见,我会难以置信。远处,城堡依旧牢牢地在黑暗中耸立着。但薄雾已经完全消散了。在它附近,有一条完美的弧线,每一种色彩都清晰明亮,是一道彩虹。

"再去看看吧。"我们都在前面的甲板上,米莉突然说道。亚伦的妈妈和米莉,还有我妈妈都坐在前面的长椅上。她长得很像亚伦,瘦瘦的,有着乌黑的头发。自从她加入我们,她几乎就没说过什么话,但是她一直在微笑,她的微笑感染了我们每一个人。

爸爸靠在船舷的栏杆上,我和亚伦以及肖娜一起在水里游着。

天空是浅蓝的,一缕缕白云懒洋洋地穿过它,每片云都带有粉色的边。米莉刚刚醒来。我们其余人都彻夜难眠。我们如何能在这样的一个夜晚安心入睡呢?

妈妈笑了笑,递给米莉一杯茶。"我们已经是第三次告诉你这个故事了!"

"是的,但我还是难以置信!"米莉一边抿着茶,一边回答着,她欣喜地闭上了眼睛。

"我们也难以置信,"爸爸摸了摸妈妈的手,微笑地说道。戒指在他们的手上闪闪发光。"但这就是真的。"

米莉又从杯子里喝了一口茶。

妈妈开心地说道:"我们可以去任何我们喜欢的地方,再也不需要将我们自己隐藏起来。"然后她看了看肖娜,"当然,我们首先会回到中心岛。这些日子,我意识到很多人很关心我们。只要我们愿意的话,我们甚至可以永远待在那里。"

"棒极了!"我和肖娜异口同声地喊道。

"妈妈,我们也可以去吗?"亚伦问。

"为什么不呢?"他的妈妈笑着回答。

"你当然也要一起来啊,"妈妈牵着她的手臂说道,"我们不会这么轻易就让你走的。"

"如果我们对现在的岛屿感到厌倦的话,我们还可以去其他地方,去任何我们喜欢的地方。"爸爸的眼睛闪着兴奋的光芒。

"如果我们不这样做,我们就能有很多的假期了。"妈妈笑了。

爸爸接着说:"我们将有时间访问每一个国家、每片土地、每一片海洋。我们将向全世界证明他们也能像我们一样和睦相处！"

"我们会的，亲爱的，"妈妈微笑着回答爸爸，"也许我们还会带一个家教，爱美丽不应该放弃学习。"

"简直完美！她会从家教身上学到很多，依旧能在沉船课和沙丘课中获得最高的分数。"

妈妈的脸紧绷起来。"杰克，我考虑得更多的是她的数学和拼写问题。"

"我会给她一个新的毛刷，一套全新的毛刷，还有一个海洋表，那样她就能认出海洋里面所有的生物了。"

"或者是一把尺子和字典。"妈妈坚持着。

"啊，你们两个啊。"米莉长长地叹了口气，"你们不会重蹈覆辙的，对吧？"

爸爸、妈妈看着对方，不由自主地大笑起来。爸爸说："好啦，可能改变我们的世界，现在还会有一点点艰巨呢。"

"我们先从小事开始，"妈妈一边说，一边挽着爸爸的手臂。

爸爸吻她的手掌，然后说着："我们要以身作则，不争吵了"。

"以后都不会了。"妈妈同意了。

我趁机说道："来吧，咱们走吧，肖娜需要回到她父母的身边！"

我们把幸运号连接到绳子上，这样我们就可以将它拖回来。

我不知道尼普顿做了什么,但是下层甲板是干的,并且密封起来了。它像一艘普通的船一样漂浮着。"当我们到家的时候,我们会让它恢复如常的。"爸爸笑着说。

在亚伦给的地图的帮助下,我们规划了回到中心岛的路线。爸爸认为,如果我们轮流拉船的话,只需要几天就能到。他把船留给我们三个人,他则在船的边上靠着妈妈。

我和肖娜、亚伦一边拉着船,一边用我们的尾巴泼洒一些彩虹雨,或者躲在橡胶下面看黄色的鱼,它们有着黑色的大眼睛,而且在海床上赛跑,相互追逐。

当我们经过城堡时,我们都沉默了。没有雾,城堡清晰可见,甚至有些孤独。"我们会回来的,"亚伦的母亲呼喊道,"我们只是去外面看一看。"

亚伦对她笑了笑,然后冲我咧嘴一笑。他把绳子拉紧,笑着说,"我们下一轮比赛开始了!"

肖娜游到他的身边。但是我在船尾附近待了一会儿。天空变得越来越高,我能听到妈妈和爸爸在我身后说话。

"我并不反对数学,"爸爸说,"但是我的意思是,拜托,她真的需要这些吗?"

妈妈回答道:"咱们来做个约定吧,如果让我教代数的话,我就给你修剪鳞片,怎么样?"

"不仅要修剪鳞片,还要一个吻。"爸爸说。

"好的。"

之后,他们陷入了一片宁静。

当我们游泳时,我很开心。我们之后会面临什么呢?我们会去哪里?未来会发生什么呢?

我无法回答这些一直在我脑海里徘徊的问题,就如同我不能阻止妈妈爸爸为我的教育而争吵,或者肖娜担心她的头发等事情。

但这些都不重要。重要的是,我能看到在我周围发生的事:我最好的朋友在与我们的新朋友一起冲浪;爸爸、妈妈微笑着,彼此开玩笑并亲吻;米莉在甲板上为亚伦的妈妈演示塔罗牌。

除此之外呢?除此之外,我们还有一个崭新的未来。

跟随人鱼之波电台，探索幕后的故事

女士们，先生们，以及大人鱼、小人鱼们，人鱼广播电台很高兴邀请您参加我们第三届的幕后采访大会。我是西蒙·沃特马克，我将要访问亚伦·哈弗莱特。

西蒙：亚伦，谢谢你加入我们。
亚伦：谢谢你的邀请。
西蒙：多年来，我采访过很多人鱼，但我必须说，我特别期待采访你。
亚伦：为什么呢？
西蒙：你的故事吸引了我。你的背景，和其他人都不一样。
亚伦：是的，我想可能是这样。

西蒙：我相信我们的读者会喜欢听这个访谈的。我们来谈谈你在城堡生活中一天的生活吧。

亚伦：我不知道是否有这样的一天。我的意思是，最近的情况都很相似——但它和我年轻时候的生活很不一样。你想听哪一个？

西蒙：这两个我都想知道！从你小的时候开始讲述吧，怎么样？

亚伦：嗯，那时我们周围还有很多人。首先，我的父亲——

西蒙：跟我们说说你父亲吧。

亚伦：他骄傲、勤奋、严厉、忠诚。他什么都愿意为他的家人做。（停顿）甚至为我们而死。

西蒙：是的，我听说了。我们都感到非常遗憾。

亚伦：谢谢。

西蒙：你想让我问一些别的事情吗？

亚伦：停顿了一下。不，这是好的。很高兴能和你聊些关于他的事情。

西蒙：请告诉我们更多。

亚伦：嗯，他教了我很多东西。

西蒙：像什么？

亚伦：如何游泳，这对我来说非常有用，因为当被一个咒语困住的时候会很不容易，那意味着你既没有合适的尾巴，也没有完全成形的脚。

西蒙：嗯，我知道这可能是个问题。

亚伦：这不是因为我父亲，不是。他每天都带我出去，不管是大海风平浪静的时候还是海浪像白马在波涛汹涌的海面上奔驰的时候。他会继续让我游过隧道，绕过水流去找他。他给了我自信——无论是在水中还是离开水。

西蒙：听起来，他是个伟大的父亲。

亚伦：他是最好的父亲。当我六岁的时候，他教我钓鱼。他告诉我，有一天我会成为一个家庭的男人，他想在自己还活着的时候，将他已经掌握的技能全部教给我。因为他，我学会了按现在的方式照顾自己。他让我学会了坚强和独立。

西蒙：所以你学会了游泳和钓鱼。还有别的东西吗？你去过学校吗？

亚伦：我一直都住在半月城堡，与外界隔绝——那里根本没有学校。

西蒙：但你似乎受过良好的教育。小伙子，这一切是从哪儿来的？

亚伦：书、地图、图表——多年前的沉船和海盗拖着它们进入了我们的世界。

西蒙：谁教你的，还是你只是自学的？

亚伦：有一些是我自学的。最主要是赛伦教我的。总是有一些赛伦被安置在城堡四周的大海中。我们的城堡一直依赖她们来管理船只。

西蒙:她们教育你吗?

亚伦:(笑)。不要这么惊讶。

西蒙:大多数人并不是这样看待赛伦的。

亚伦:大多数人并不了解她们。她们总是对我和我的家人很好。给我们带来好的东西,剔除坏的,而且确保我一直坚持学习。

西蒙:那么赛伦后来怎么了?

亚伦:她们不再来了,就像别人一样,我们以前有很多游客与海盗,赛伦选择了和船长做朋友。小时候我住在城堡里,总是玩得很开心。

西蒙:听起来不错。

亚伦:是的。有时赛伦会引诱一艘船到我们这里来,而不是把船撞到岩石上。他邀请船员和我们一起住一段时间,条件是他们分享一些食物给我们,还要留下了一些货物。当这一切发生的时候,我很高兴。每天晚上,城堡里都会举行聚会。

西蒙:有唱歌吗?

亚伦:你在开玩笑吗?一直唱歌跳舞到天亮!一个船长的妻子曾经花了三天教我狐步舞。好想再跳一次舞,现在我的脚不像松软的桨了!

西蒙:这种情况会持续多久?

亚伦:有时几个晚上,有时几周。他们总是留给我们一些可以与下一艘船交易的贵重物品。我喜欢那些日子。

西蒙：后来发生了什么事？这种日子为什么会结束？

亚伦：尼普顿听说了这些事情，他并不以为然。他把他们全都赶出去了。

西蒙：不再有友好的海盗了？

亚伦：再也没有了。

西蒙：听起来糟透了。我可以问一下你现在的情况吗？最近几天在城堡的日子还是不好吗？

亚伦：真的很不好。继父亲之后……然后母亲病得很重。这最后的几个月真的很难熬。有些天，当我觉得我不能忍受的时候，我就会听到父亲的声音在身边鼓励我。

西蒙：就像他教你游泳的时候？

亚伦：完全正确！我能听见他对我说："去吧，儿子，你能行的。"这是唯一能给我力量的事情。

西蒙：你是个不可思议的年轻人鱼，亚伦。你非常鼓舞人心。当然，现在一切事情又都变了。

亚伦：你是说因为咒语被破解的缘故吗？

西蒙：当然！你感觉如何？

亚伦：感觉好极了。母亲是健康的，最后几天她甚至笑了好几次。看我的尾巴！

西蒙：嗯，你还记得这是采访吧？

亚伦：（笑）。抱歉，我的尾巴从来没有完全成型，直到这周,我也没有脚。现在我可以在水中从一处游到另一处,我无法告诉你这有多神奇。

西蒙:亚伦,你鼓舞了我。我真希望你未来一切顺利。

亚伦:谢谢!

西蒙:现在,在我走之前,我们有几个快速提问。

亚伦:好。

西蒙:你的爱好是什么?

亚伦:地图阅读!我知道这听起来有点无聊,但我就是喜欢钻研地图并绘制船只的航线。

西蒙:听起来一点也不无聊!你最喜欢的颜色呢?

亚伦:黑色。我喜欢它,因为它是可以让你藏起来的颜色。还有,我爱我的黑头发——我觉得这让我看起来更酷!

西蒙:你最喜欢的人呢?

亚伦:(停顿了一下)。

西蒙:哦,我看到你有点脸红吗?

亚伦:不!当我思考的时候,我的脸总是会变红。

西蒙:好的。你想过吗?

亚伦:我想是爱美丽·温德斯内普。

西蒙:我也这么想的!爱美丽有什么特别的吗?

亚伦:我不知道。只是我喜欢和她在一起。当我们在一起的时候,我感觉周围的一切都不一样了。这么说吧,我觉得比以前更快乐了。

西蒙：哇，这听起来超酷。好，下一个问题，你生命中最美好的一天是哪一天？

亚伦：咒语被解除的那天。

西蒙：你长大后想做什么？

亚伦：我想成为一名探险家。我喜欢周游世界。

西蒙：最后一个问题，亚伦，你觉得去小岛上生活怎么样？

亚伦：太令人激动了。城堡在慢慢发生变化，变得就像我以前的生活一样了。我等不及想要开始我的新生活了。

西蒙：亚伦，非常感谢你加入我们，并坦诚地讲述你自己的生活。我祝你在新的生活中一切顺利！

亚伦：谢谢。